金庸小说里的中国历史

叶德平 著

南方传媒
广东人民出版社
·广州·

图书在版编目（CIP）数据

金庸小说里的中国历史 / 叶德平著. —广州：广东人民出版社，2023. 7

大湾区专项出版计划

ISBN 978-7-218-15668-2

Ⅰ. ①金… Ⅱ. ①叶… Ⅲ. ①金庸（1924—2018）— 侠义小说—小说研究 ②中国历史—通俗读物 Ⅳ. ①I207. 425 ②K209

中国国家版本馆 CIP 数据核字（2023）第 114205 号

JINYONG XIAOSHUO LI DE ZHONGGUO LISHI

金庸小说里的中国历史

叶德平　著

出 版 人： 肖风华

责任编辑： 林　俏
封面设计： 奔流文化
责任技编： 吴彦斌　周星奎

出版发行： 广东人民出版社
地　　址： 广州市越秀区大沙头四马路 10 号（邮政编码：510199）
电　　话：（020）85716809（总编室）
传　　真：（020）83289585
网　　址： http://www. gdpph. com
印　　刷： 广州市豪威彩色印务有限公司
开　　本： 787mm × 1092mm　1/32
印　　张： 4. 875　　**字　　数：** 109 千
版　　次： 2023 年 7 月第 1 版
印　　次： 2023 年 7 月第 1 次印刷
定　　价： 36. 00 元

如发现印装质量问题，影响阅读，请与出版社（020 - 85716849）**联系调换。**
售书热线：（020）87716172

前　言

“历史”与“小说”，似乎是一对带有矛盾的概念，因为前者务求真实，后者不避虚构。然而，二者自汉朝起已走在一起，像《燕丹子》《西京杂记》《汉武故事》《汉武帝内传》等作品均源于历史。到了宋朝，历史小说开始从纸张中走出来，通过说书艺人，利用声音与表情，呈现在民众眼前，像三国、五代等时期，以“讲史”的形式，出现在勾栏瓦舍之中。这些作品更直接造就了明清演义小说的出现。所谓“演义”，就是指以历史事实为基础，增添一些细节，用章回体写成的小说。宋元时期普遍称“讲史”为“演史”，至嘉靖本《三国志通俗演义》始用“演义”称呼历史小说。演义的特点是“文不甚深，言不甚俗，事纪其实，亦庶几乎史。盖欲读诵者，人人得而知之，若所谓里巷歌谣之义也”（蒋大器《三国志通俗演义·序》）。像《三国演义》《隋唐演义》《两宋志传》都是演义小说的佼佼者。金庸小说继承了演义小说的优秀传统，文字易懂、历史易明，普罗大众很容易就能置身其中，感受历史世界。

从“讲史”角度看，金庸十五部武侠小说，可以分成三类：第一类是依史演绎，即人物和事件很大程度上是依据真实的历史而演绎，穿插于历史之间，虚构与真实并行。像《书剑恩仇录》《碧血剑》和《鹿鼎记》就是据明清史实而衍生。第二类是借史发挥，即历史只是一个时代框架，其中的人物和事件大都是虚构的，像《神雕侠侣》《射雕英雄传》和《天龙八部》就是虚构的人物在真实的时代下进行。第三类是架空历史。时代背景十分模糊，似有还无，人物也是虚构的，像《笑傲江湖》和《侠客行》就设定在一个虚化的历史背景之中。

虽然金庸小说不是以历史演义小说的面目出现，但其历史意识却对读者有着深远的影响。因此，本书将以小说中的历史人物和事件作为引子，以二十四史为主、小说稗史为辅，一步一步为大家解构小说中的人和事。

作为金迷，我希望让大家看到金庸小说的另一面；作为老师，我期望为莘莘学子写一本有趣的历史书；作为学者，我期待与大家分享我的发现。无论如何，让我们一起徜徉在金庸小说的历史时空中吧！

叶德平谨识于香港中文大学

辛丑年孟夏

目　录

第一章
相依并存三百载：大理段氏与高氏

《天龙八部》中的段正明、段正淳与段誉，以及《射雕英雄传》《神雕侠侣》中的"一灯大师"段智兴，都是大家耳熟能详的小说人物，他们来自位处中国西南部的神秘国度——大理国。这个政权的疆域覆盖今天中国云南、贵州西南部、四川西南部，以及缅甸、老挝、越南北部部分地区。从天福二年（937）立国，直至宝祐二年（1254）灭亡，国祚超过三百年。

第一节　大理国概说

关于大理国的概况，《神雕侠侣》和《天龙八部》曾经提到过。

> 大理段氏本系凉州武威郡人，在大理得国称帝，其先世虽为鲜卑拓跋人氏，但久与汉人通婚，受中华教化，已与汉人无异，也早自认是汉人，中华教化文物广播南疆。
>
> ——《神雕侠侣》
>
> 大理国于五代后晋天福二年建国，比之赵匡胤陈桥兵变、黄袍加身还早了廿三年。大理段氏其先为武威郡人，

始祖段俭魏，佐南诏大蒙国蒙氏为清平官，六传至段思平，官通海节度使，丁酉年得国，称太祖神圣文武帝。十四传而到段正明，已历一百五十余年。

是时北宋汴梁哲宗天子在位，年岁尚幼，太皇太后高氏垂帘听政。这位太皇太后任用名臣，废除苛政，百姓康乐，华夏绥安，实是中国历代第一位英明仁厚的女主，史称“女中尧舜”。大理国僻处南疆，历代皇帝崇奉佛法，虽自建帝号，对大宋一向忍让恭顺，从来不以兵戎相见。保定帝在位十一年，改元三，曰保定、建安、天祐，其时正当天祐年间，四境宁静，国泰民安。

——《天龙八部》第六回

《神雕侠侣》和《天龙八部》提及大理段氏是“凉州武威郡人”。凉州武威即今天的甘肃武威，于元狩二年（前 121）置郡，到宋朝改称西凉府。“大理段氏本系凉州武威郡人”是目前史学界普遍接受的说法。一般认为，段氏可能是在南北朝期间梁魏争夺汉中、西魏攻占成都两次战役期间，与当地民族如氐、羌等，一同南下大理避祸。另有一种说法指段氏是“云南土著”，这个说法源自《哀牢夷传》，却与《华阳国志》所载有所出入，所以史学界大多不认同这个说法。①

大理国的开国皇帝是段思平。段氏在开国前，已经是南诏

① 《华阳国志》记载汉晋之际的南中大姓中并没有段氏。学者王叔武认为诸本引录之《哀牢夷传》应为《哀牢世传》，前者为汉代杨终撰，后者为明代人所著。

国的重臣，其先祖段俭魏官至清平官。段思平在高方的协助下，灭掉大义宁国，建立大理国，仍然定都羊苴咩城。

历史上，大理国曾经一度亡国，不久又再度立国。史学家为了区分这两个大理国，一般将后面这个大理国称为后理国。这个转折正好与小说中出现的人物——段正明、段正淳和高升泰有直接关系。

第二节　大理国三大家族：杨氏、董氏、高氏

大理国是一个多民族的政权，其中最大的是白族。而要统治这个国家，必须要得到原来的部落首领支持才行。

（一）没落的家族：杨氏和董氏

天成三年（928），原为大长和国东川节度使的杨乾贞杀了皇帝郑隆亶，拥立清平官赵善政为帝，建立大天兴国。天成四年（929），杨乾贞索性废掉赵善政自立，建立大义宁国。随着大天兴国的灭亡，原为南诏世家大族的赵氏，旋即投靠杨乾贞。一年后，杨乾贞之弟杨诏废黜杨乾贞，自立为帝。天福二年（937），大义宁国通海节度使段思平率领滇东三十七部起兵造反，杨诏兵败自杀。

大义宁国灭亡后，杨氏势力受到极大打击。其族中部分重要人物旋即归顺段氏，并成为大理国一股举足轻重的政治势力。因为要制衡董氏的专权，杨氏获段思英等重用，所以杨氏在大理建国后势力迅速恢复。段素顺出兵滇东、会盟石城，杨氏都担当了重要角色。

董氏的先祖董迦罗是佛教密宗阿吒力教法师，并且是大理开国皇帝段思平的国师，其所住的法藏寺亦俗称“国师府”。后来，大理国推行政治改革，不再规定以阿吒力教僧人为国师，董氏对大理国朝政的影响力亦大为减弱。后来，取代杨氏、董氏而起的，就是在大理国叱咤风云三百年的高氏。

（二）世代为权臣的高氏

高氏是大理国开国功臣，在历朝都担任举足轻重的职位。据《南诏野史》记载，“高智升系岳侯高方之裔”。[①] 高智升是高氏中最为出色的一人，也是《天龙八部》中段正淳的结拜兄弟。《楚雄族谱》《大姚县志》《姚郡世守高氏源流总派图》《洱海丛谈》等资料，均记载高氏原籍江西吉州（安）庐陵县井岗乡。其中《姚郡世守高氏源流总派图》记载了高氏的一世祖高定，指其“原籍江西吉安府庐陵县井岗乡人也，后移居南滇。时有孟获踞滇，蜀丞相诸葛亮渡泸讨之。公（高定）素为夷长所畏服，有谋逆于公者，公拒之不从。后计诛雍闿、朱褒以为俘，献亮。亮加公忠顺，疏请封以益州守。是为高氏始祖，盖功德所由始焉”。

关于高氏的事迹存在多种说法，并无定论，但可以肯定的是，在东汉、魏晋之际，高氏已是当地大姓。而在南诏前期，高氏的势力还不是很显赫，相对其余两族较为逊色。段思平建立大理国后，高方因功而裂土封侯，高氏势力才迅速冒起。到了第二代皇帝段思英在位期间，刻意提拔杨氏以抗衡董氏，虽

① 段玉明：《大理国史》，云南民族出版社，2003，第 40 页。

然没有成功，却间接让高氏渔人得利，势力急速膨胀。到了段思聪在位期间，高氏终于成功取代董氏成为军政大权的实际控制者。

在段素廉废黜阿统改立段素隆的事变中，高氏的角色相当关键，甚至可以说他们是幕后操纵者。在事变之后，高氏成功从杨氏手中夺取了军政大权，成为段氏最为倚靠，甚至是不可背离的政治力量。

在段素廉、段素隆、段素真、段素兴和段思廉五朝，高氏都获任命为国相，可谓“一人之下，万人之上”，是大理国势力最大的世家大族。

当时高氏、杨氏同为大理国两股重要的政治力量。高氏、杨氏互相制衡，是段氏最乐见的局面。可是到了段思廉在位期间，这种势力均衡的局面被杨氏一个错误的决定而彻底改变了，这种改变也成就了高氏在大理国中唯一大族的地位。

段思廉的王位主要是依靠高氏的帮助而夺取的，所以段思廉继位后倾向高氏，引发杨氏的不满。皇祐四年（1052），杨允贤起兵造反，段思廉派遣高智升（高升泰之父）率兵讨平。高智升因功擢升为太保，加封德侯，领白崖和甸（今云南弥渡一带）之地，并授统矢（今云南姚安）首领，晋封鄯阐侯。从此，自滇中至滇东一带，尽为高氏势力范围。①

由于杨允贤这个错误的决定，令高氏势力在大理国更进一步，成为大理国最强的政治势力。

① 诸葛元声《滇史》卷八记载：“高氏世执政柄，威令尽出其手。智升元封威楚，至是子又封鄯阐，于是河东诸郡皆入高氏。”

杨氏虽然备受打击，但百足之虫，死而不僵，其势力仍然不可小觑。元丰三年（1080），杨义贞再度起兵谋反，并杀掉段廉义（段思廉之子，1075—1080年在位）自立。

作为大理国最大的氏族，高氏当然不会善罢甘休。杨义贞篡位四个月后，高智升命其子高升泰（即《天龙八部》中的“高侯爷”）率领部下的“爨僰军”讨伐杨义贞。[①] 随着杨允贤、杨义贞的失败，在大理国唯一能与高氏分庭抗礼的杨氏正式退出了政治舞台，高氏的权势亦因为缺乏竞争对手的制衡，而上升至无以复加的地步。大理国的政治“天平”被彻底打破了，段氏的权力也逐渐旁落到高氏手中。

第三节　世代为帝的大理段氏

《天龙八部》描写段正明得位经过说：“段寿辉接帝位后，称为上明帝。上明帝不乐为帝，只在位一年，便赴天龙寺出家为僧，将帝位传给堂弟段正明，是为保定帝。”这个段寿辉就是《天龙八部》中延庆太子的父亲。

（一）段寿辉（上明帝）禅位为僧

据《南诏野史》记载：“（段）寿辉，宋神宗庚申元丰三年即位。明年，改元上明，以高智升为布燮[②]，高升泰为鄯阐侯。是年，日月交晦，星辰昼见。寿辉因天变，遂禅位于思廉

① “爨僰”是古代居住在西南一带的两个少数民族。

② 即清平官，职位等级如唐之宰相。

之孙正明。计辉在位一年。”[①] 星辰昼见，按《宋史·天文志》所记，应该是指“太白昼见”；而“太白昼见”是指太阳升起后白天也能见到太白金星。古人认为太白金星是罚星，主“朝政有失”。

按《南诏野史》所说，段寿辉的“禅位”似乎与高氏父子无关，但近代学者方国瑜并不同意。他以《宋史·天文志》所记为据，指出这“日月交晦”的天文现象在段寿辉在位期间并没有出现，[②] 段寿辉是因为“逼于高氏不自安”，便以“日月蚀”为借口“避位为僧”。[③]

（二）保定帝段正明继任

段寿辉“避位为僧”后，其侄儿段正明继任为帝。在《天龙八部》中，段正明（保定帝）以一种“圣主明君”的形象出场：

> 他为请出黄眉僧援救侄儿段誉而下旨免了盐税，大理国万民感恩。云南产盐不多，通国只白井、黑井、云龙等九井产盐，每年须向蜀中买盐，盐税甚重，边远贫民一年中往往有数月淡食。保定帝知道盐税一免，黄眉僧定要设法去救段誉以报。他毫无帝皇的架子，作为武林世家，遇

① （明）倪辂辑，（清）王崧校理，（清）胡蔚增订，木芹会证：《南诏野史会证》，云南人民出版社，1990，第251页。

② 《南诏野史会证》，第252页。

③ 《南诏野史会证》，第252页。

事也以武林人士身份出现：段氏以中原武林世家在大理得国，数百年来不失祖宗遗风。段正明、正淳兄弟虽富贵无极，仍常微服出游，遇到武林中人前来探访或是寻仇，也总是按照武林规矩对待，从不摆皇室架子。是以保定帝这日御驾亲征，众从人都是司空见惯，毫不惊扰。自保定帝以下，人人均已换上了常服，在不识者眼中，只道是缙绅大户带了从人出游而已。

因此在小说中，段正明是受段正淳、段誉、高升泰和万民所尊崇的圣君：

段正明别说是一国之尊，单以他在武林中的声望地位而论，也是人人敬仰的高手宗师，群雄一听，都立刻站起。

然而，历史上的段正明却不是如此，而且他与高升泰以及一众臣下的关系亦非如此融洽。《南诏野史》有关段正明的记载是这样的：

段正明，思廉之孙。宋神宗五年受禅，改元保定，又改建安、天佑，伪号保定皇帝，在位十三年。人心归高氏，遂禅位高升太①。

正明，宋神宗辛酉元丰四年即位。明年，改元保定。

① 即高升泰。

又改建安、天佑。宋哲宗甲戌绍圣元年，明在位十三年，为君不振，人心归高氏。群臣请立鄯阐侯高升泰为君，正明遂禅位为僧，而段氏中绝矣。

按：段氏大理国，自思平建立，后晋高祖丁酉天福二年，讫宋哲宗甲戌绍圣元年，传十四世，共一百五十八年。

这两条史料，有三个重点可以特别留意，分别是“人心归高氏”“为君不振”和“段氏中绝”。

这里有两个可能性：第一是真有其事；第二是一如历朝权臣盗国的伎俩，只不过是一个借口。不过，我们通过对大理国历史的分析，“人心归高氏”是极有可能的。高升泰受禅后两年，因病去世，临终前立遗诏要求高氏“还位段氏”。高升泰并不是没有子嗣（他的儿子是高泰明），要是有心窃国，根本不需要还政段氏。而且从其死后的谥号“富有圣德表正皇帝”，即可以推知一二。按《逸周书·谥法解》所说，“圣”是“称善赋简”“敬宾厚礼”，“德”是“谏争不威”“绥柔士民”，[①] 这两个字都是美好的描述。高升泰的谥号兼有“圣”“德”，似乎反映出其在世时应该颇得民心，所以“人心归高氏”是极有可能的。

再者，段氏掌管大理国已有十四世，共一百五十八年，假如不是天怒人怨，要推翻这个根深柢固的政权并不容易。当

① 《逸周书·谥法解》记载：“称善赋简曰圣”“敬宾厚礼曰圣”“谏争不威曰德”“绥柔士民曰德”。

然，有些史书如倪蜕的《滇云历年传》卷五指出，“（段）正明畏其（高升泰）逼，因避为僧”，但笔者以为段氏既然已在帝位之上，只要不退下，高氏也难有作为。

姑勿论段正明是否真的“为君不振”，可以肯定的是“段氏中绝”了。

（三）高升泰不单是权臣，也做过皇帝，他是正是邪？

在《天龙八部》中，高升泰以鄯阐侯“高升泰”的名字出现，他的出场可谓“英勇果毅”——他一人挡着南海鳄神，对掌之时还被叶二娘偷袭了一掌，可是当他看到玉虚散人（段正淳发妻）时就“挣扎着要下马行礼”，就算玉虚散人不让他下马，他仍然坚持“躬身”。就这一幕，就可以用“英勇”“忠诚”“有礼”等字眼形容他。

在小说中，高升泰与段正淳相知甚深，相互间以“淳哥”“泰弟”相称。《天龙八部》在段正淳看到高升泰受伤时写道：

> 心中记挂着高升泰的伤势，快步走到他身边，说道：“泰弟，你内伤怎样？”伸指搭他腕脉。高升泰道：“我督脉上受了些伤，并不碍事，你……你不用损耗功力……”一言未毕，镇南王已伸出右手食指，在他后颈中点了三指，右掌按住他腰间。
>
> 镇南王头顶冒出丝丝白气，过了一盏茶时分，才放开左掌。高升泰道：“淳哥，大敌当前，你何苦在这时候为我耗损内力？”镇南王笑道：“你内伤不轻，早治一刻好一刻。待得见了大哥，他就不让我动手，自己要出

指了。”

小说里的高升泰效忠于段氏，那历史上的高升泰是否也如是呢？

关于这位只有两年寿命的皇帝，《南诏野史》有一个条目专门记载高升泰的生平事迹（《大中国高升泰伪谥富有圣德表正皇帝》）。

高升泰一族的一世祖是岳侯高方，也就是协助诸葛亮平南有功的那一位。除了有显赫的家世，高升泰还有一个极富传奇性的出生经过。据《南诏野史》记载，高升泰将出生之前，他的父亲高智升前往点苍山白雪峰石云寺进香。回程之时，高智升遇到一个老人告诉他说：“你家里将降生一个贵子，你可以快点回家去。”听罢，高智升火速飞奔回家，到家时，高升泰刚好出生。看到这情况，高智升也感到十分讶异。

作为“天纵之圣”，高升泰拥有一个不平凡的出身。长大后，他凭借家世和才能平步青云，得到段思廉的器重，成为大理国的宰相“清平官”。他协助段氏平定了两次杨氏动乱（杨允贤之乱、杨义贞之乱），获赐世袭鄯阐侯，这也是《天龙八部》称呼“高升泰”为“高侯爷”的原因。

不平凡的人，注定有不平凡的人生。鄯阐侯、清平官，加上唯一世家大族之长，高升泰可谓风光无限。往后退，已经不可能了；往前进，也只有登基为帝。绍圣元年（1094），高升泰在“人心所归”的情况下，获段正明禅让帝位，成为“富有圣德表正皇帝”。

高侯爷不再是屈居人臣之位的侯爷，而是“高皇帝”了，也是据有八府、四郡、四镇的大理国一国之君。

可惜天不假年，高升泰即位两年后，即因疾病而撒手人寰。临终之前，“大中国”并没有出现“诸子争位”的局面，因为高升泰早有遗诏：“我之立国，以段之弱，我死，必以国仍还段氏，慎勿背我。”高升泰清楚指出当时之所以担任皇帝，是因为段氏太弱。事实上，经历了两次杨氏之乱，大理段氏的元气消耗殆尽，高氏受禅或许真的是维持国家稳定的最佳方法。毕竟大理国当时强邻环伺，西北有吐蕃，东北有北宋，只有强主压阵，大理国方能经历最少的动荡。或者真如小说中一样，高升泰始终是忠于段氏的，于是在临终之前，千叮万嘱儿子高泰明要还国于段氏。就这样，短短两年国祚的“大中国”正式结束。高氏传了一世，便没有再传了。

（四）段正淳竟然是开国皇帝，而且帝位来自高升泰？

《天龙八部》在最少两处明确指出，段正淳的得位是来自段正明的禅让：

> 保定帝走回去坐入椅中，说道：“巴司空，传下旨意，命翰林院草制，册封我弟正淳为皇太弟。”段正淳吃了一惊，忙跪下道：“大哥春秋正盛，功德在民，皇天必定保佑，子孙绵绵，这皇太弟一事尽可缓议。”保定帝伸手扶起，说道：“你我兄弟一体，这大理国江山原是你我兄弟同掌，别说我并无子嗣，就是有子有孙，也要传位于你。淳弟，我立你为嗣，此心早决，通国皆知。今日早定名分，也好令延庆太子息了此念。”

……

萧峰听他口称“陛下”，而段誉点了点头，心中又是一奇，道：“三弟……你做了皇帝吗?”段誉黯然道：“先父不幸中道崩殂，皇伯父避位为僧，在天龙寺出家，命小弟接位。小弟无德无能，居此大位，实在惭愧得紧。”

然而，历史并非如是。原来在高升泰死后，在高泰明的协助下，段正明之弟段正淳正式继任为帝，是为“中宗文安皇帝”。有人认为，这是因为高氏忠于段氏，受禅乃逼不得已，所以最后也还政于段氏。又有人认为，只是高氏势力还不能完全控制大理全国，唯有还政于段氏。[①] 姑勿论如何，段正淳接任为帝，恢复了大理国的统治。后世学者为了区分“大中国”前后的大理国，把段正淳恢复的大理国称为“后理国”。

段正淳继位后，以高泰明为相国，并任命高氏族人担任各个机要职位，可谓把后理国的一切内外大权都归于高氏。用《滇史》的说法是“赏罚政令，皆出其门”[②]，可见所谓还国，其实只是形式而已，高氏仍然是权倾朝野。这个被段正淳视为“兄弟”的家族，可能才是后理国真正的主人。

在高氏的治理下，后理国社会安定，与邻近国家、势力都能保持友好关系。《南诏野史》记载了崇宁二年（1103），高

---

① 诸葛元声《滇史》卷八记载：“呜呼！升泰以诛篡立功而躬自蹈之，无君甚矣！然临殁言善，戒子孙效尤，盖其心亦知段宗未可遽灭，人心不尽忘段氏也。不然，国人所逼　摄政可矣，更号改元何为者哉！倘在中土，难逃赤族之诛矣！”

② 诸葛元声：《滇史》卷八。

泰运代表后理国奉表入宋，求得“六十九家”经籍和“六十二部”药书。后理国八府之一的鄯阐府（鄯阐府治在今云南昆明市旧城南关外）李观音得来贡，奉上“金马枝八十节”“人民三万三千户”。而段正淳也表现了他的气度，赐予使者“八章礼衣、龙头剑”，并擢升他为安东将军。此外，缅人（今缅甸）、波斯（今伊朗）和昆仑（大约在今印尼爪哇、苏门答腊）三国皆曾进贡“白象及香物”。

后理国这种“四夷宾服”的升平景象，到底是段正淳之功，还是高氏之功，我们很难说清楚。不过，学者方国瑜却有一种另类的看法，他认为：“高升泰在位二年，后立段氏，自后高氏世以相国，称国主，段氏虚拥名位而已。”①

大观二年（1108），后理国又遇上天文现象。据《南诏野史》记载，当年十月“彗星见西方”，而且发生了大疫病。于是，后理国又有君王要为此负上责任——在位十二年的段正淳学习了祖先的“美德”，“禅位为僧”，而继任人段正严在《天龙八部》中的应当是段誉。

（五）段誉原型是段和誉？

为什么说继任人“应当”是段誉呢？那是因为继任皇帝的名字是“段和誉”（又名段正严）。《天龙八部》中的段誉与历史上的段和誉只差一字，但是性情却有天壤之别。

段誉为人善良、不好武、笃信佛教，从无继位的野心。当萧峰问他是否已继任为后理国皇帝时，他黯然答道：“先父不

---

① 《南诏野史会证》，第 254 页。

幸中道崩殂，皇伯父避位为僧，在天龙寺出家，命小弟接位。小弟无德无能，居此大位，实在惭愧得紧。”他又自嘲这身份说：“大理乃僻处南疆的一个小国，这‘皇帝’二字，更是僭号。小弟胡里胡涂，望之不似人君，哪里有半点皇帝的味道？给人叫一声‘陛下’，实在是惭愧得紧。”但段和誉却是乐于为帝，他一共做了三十九年皇帝，才因为“诸子内争外叛”，逼于无奈，“禅位为僧”。

段和誉即位于大观二年（1108），三年后，后理国遇上地震，损毁了十六所佛寺，而三十七个部族也乘机叛乱。在相国高泰明的领导下，叛乱暂时被平定，政局渐渐出现“小阳春”，可是当高泰明死后，问题又浮现出来了。

高泰明死后，他其中一个儿子高智昌因罪被流放致死。他的门下客“伊”“何”二人想为他报仇，于是趁着段和誉入寺进香之时，图谋刺杀。幸好，段和誉命不该绝，识破了二人的图谋。事后，段和誉不但没有大兴狱案，乘机铲锄异己，反而嘉许二人的高义，赦免了他们的罪行。就这一点，可知他跟段誉一样，富有仁德之心。

政和七年（1117），宋廷册封段和誉为金紫光禄大夫、检校司空、云南节度使、上柱国、大理国王，正式承认段和誉的地位。

宣和元年（1119），后理国又有彗星出现。段和誉的父亲段正淳正是因为彗星带来的灾祸而退位，但段和誉却没有这样做。同时，慕宁、远、矣、空、破、马六部叛乱，段和誉出师不利，兵败。不久前曾叛乱过的三十七部再次叛乱。叛军兵势锐利，连高氏的老巢鄯阐也被攻陷了，高泰明的第四个儿子高明清亦战死。

绍兴十七年（1147），段和誉自感年老，加上“诸子内争外叛”，于是“禅位为僧”，把皇位传予儿子段正兴。段和誉一共做了三十九年皇帝，也是大理国有史以来在位最长的皇帝。

（六）“南帝”并没有变成“南僧”

段正兴在位的二十五年，虽然没有太大的功业，但大抵能够“守父遗绪”。因此，《南诏野史》没有花太多篇幅在他身上，而较为特别的只有这一段：“孝宗壬辰乾道八年四月，重雾，十六日方开。正兴禅位为僧。”段正兴又是因为天文异象而禅位，同样是“禅位为僧”，看来“禅位为僧”已经成为段氏的“家族传统”。乾道八年（1172），段正兴就把帝位传给了段智兴。

《射雕英雄传》和《神雕侠侣》中的段智兴，就是“天下五绝”之一的“南帝”。他精通“先天功”和“一阳指”两大神功武学，功力深厚非凡。“南帝”跟“东邪”黄药师、“西毒”欧阳锋、“北丐”洪七公及“中神通”王重阳齐名，是当世五大武林高手之一。后来，段智兴因为悔悟过去误杀瑛姑与老顽童周伯通的儿子，于是出家为僧，号为“一灯”，“南帝”也就变成了“南僧”。

在小说中，段智兴的形象就是“僧”，而在历史上，他也是以佛事闻名。

段智兴最大的贡献就是兴修佛寺，史称其“光宗庚戌绍熙元年，修十六寺”。可见他心里最关心的不是国家，而是佛事。无怪乎诸葛元声在《滇史》中这样评价他说："智兴奉佛，建兴宝寺，君相皆笃信佛教，延僧入内，朝夕焚咒，不理国事。"①

据《南诏野史》记载，段智兴在位期间不但没有什么特别的内政与外交建树，而且局势愈趋动荡。最致命的打击就是高氏出现内讧，兄弟之间互相攻讦、兵戎相见。虽然高升泰死后高氏还政于段氏，但是国家大权仍然牢牢地掌握在高氏手中。最明显的证据，就是自段正淳继位起，至段兴智去世止，共八代皇帝都是任命高氏为国相，所以说"政出高氏"当不为过。因此高氏内讧，对段氏是一次沉重的打击。段智兴在庆元六年（1200）离世后，由其儿子段智廉继位。

虽然段智兴笃信佛教，但他并没有跟随家族的传统，在任内禅位为僧。所以他跟小说中的段智兴不同，并没有从"南帝"蜕变成为"南僧"。

第四节　大理国的灭亡

段智兴之子段智廉继帝位后，四年左右便死去，其弟段智祥接任。经过段智祥一番整治，大理国气象一新。可惜，他与父亲一样笃信佛教，最后也禅位于其子段祥兴，自己去做和尚。嘉熙三年（1239），段祥兴继位。可是，当时蒙古政权也几乎收拾了草原上的所有劲敌，开始剑指大理。淳祐四年（1244），蒙古出兵远征大理。段祥兴派将领高禾领兵抵御，

---

① 段玉明：《大理国史》，云南人民出版社，2011，第页55。

可惜他战死于九河。幸好因为窝阔台汗得急病死去，蒙古撤军北返，大理国才暂时松一口气。

淳祐十二年（1252），段兴智继任不久，蒙哥汗命令兀良合台辅佐忽必烈率军远征大理。兀良合台率领西路军，经吐蕃，渡金沙江，在大理与忽必烈所率的中路军会合。当蒙古军渡金沙江时，得到已归附蒙古的大理国少数部族酋长的献计，才懂得用革囊渡江，成功抵达丽江。

忽必烈派出使者劝降，但相国高泰祥坚决抵抗，并处决了蒙古使者。于是，忽必烈率军长驱直进，占领了龙首关，直逼大理城。

由于大理兵力过度集中在高氏手中，王畿附近只余下有限的军事力量。段兴智只好与高泰祥背城借一，引兵主动出击，结果惨遭大败。他们两人弃城而逃，各奔一方，蒙古军不费吹灰之力就攻占了大理城。

后来，蒙古军在姚州擒获高泰祥。他临刑时慨叹道："段运不回，天使其然，为臣殒首，盖其分也。"忽必烈认为他是忠臣，对其后代"许以世其官"。后来，高氏子孙有的被封为姚安、鹤庆等地方的土司，世代承袭三十多代，直至清朝实行改土归流为止。

第二章
黄沙百战穿金甲[①]：杨业与杨家将

曲三道：“哼，我怕你们泄露了秘密？你二人的底细，我若非早就查得清清楚楚，今晚岂能容你二位活着离开？郭兄，你是梁山泊好汉地佑星赛仁贵郭盛的后代，使的是家传法，只不过变长为短，化单成双。杨兄，你祖上杨再兴是岳爷爷麾下的名将。你二位是忠义之后，北方沦陷，你二人流落江湖，其后八拜为交，义结金兰，一起搬到牛家村来居住，是也不是？”

郭杨二人听他将自己身世来历说得一清二楚，更是惊讶无比，只得点头称是。

——《射雕英雄传》

杨康的父亲杨铁心，按《射雕英雄传》的设定，是杨再兴的后人。所以，叛国的杨康、神雕大侠杨过都是杨再兴的后人。这位杨再兴，可是南宋赫赫有名的抗金英雄，无论在传统

① 摘自王昌龄：《从军行七首·其四》。

的演义小说里，还是真实的历史中，他都是受人歌颂的。

清朝有部演义小说，由钱彩编次、金丰增订，叫作《说岳全传》，就收录了杨再兴的事迹。在这部小说中，杨再兴被设定为杨家将的后代，其祖先就是宋朝名将杨业，其叔父就是《水浒传》里的“青面兽”杨志。杨再兴在归顺南宋以前，曾跟随曹成扯旗聚义，在九龙山称王造反。白马银枪的他，武艺超群，一杆银枪舞得点点生花、泼水不进，而且常常单枪匹马突入敌阵，故被称为“百万军中第一人”。

第一节　真实的杨再兴

所谓演义小说，就是依据正史、野史和传说剪裁，添油加醋，令情节、内容更为丰富的文学作品，所以只能当作茶余饭后的话题，而不能当作正史看待。杨再兴的生平，主要在三部历史文献中记载，包括《宋史·杨再兴传》[①]《三朝北盟会编》和《建炎以来系年要录》。

《宋史》没有交代杨再兴的出身，第一句就是“杨再兴，贼曹成将也”。这位曹成，在绍兴元年（1131）受武功大夫、

---

① 《三朝北盟会编》，南宋徐梦莘编，共二百五十卷，以编年体记载宋徽宗赵佶、宋钦宗赵桓、宋高宗赵构三朝史料，对靖康之难记述尤详，一年又四月之事，竟有七十多卷。《四库全书总目提要》指出：“其征引皆全录原文，无所去取，亦无所论断所记金人事迹，往往传闻失实，不尽可凭。”故此，我们使用时必须兼引其他史料，相互勘正，以免失之偏颇。

荣州团练使、知郢州，却不受朝廷节制，称兵如故。[①] 而《建炎以来系年要录》引述江西安抚大使李回的说法，称曹成为“湖东名贼”。[②] 曹成是乘势而起的军阀，站在南宋的立场，称之为“贼”，也不为过。

（一）不打不相识

绍兴二年（1132），岳飞派兵攻打曹成守卫的莫邪关，旋即攻下。入关后，岳飞帐下第五将韩顺夫“解鞍脱甲”，[③] 让俘虏的妇人从旁助兴饮酒。这无疑给了杨再兴一个反胜的机会。

杨再兴乘机率众杀入韩顺夫营帐，一时之间，韩营士兵都没有反应过来，只晓得四散逃跑。而还在温柔乡中的韩顺夫，也被杀得措手不及，被杨再兴砍掉一臂而死。

岳飞知悉后震怒万分，责成韩顺夫的副将王某必须擒获杨再兴以赎罪。此时，后军统制王经、前军统制张宪刚好率兵赶到，于是三人点起部下兵马，准备掩杀杨再兴。

三路兵马的追杀，并没有使杨再兴惊慌，反而激发了他的求生意志。他率领亲兵沉着应战，丝毫没有落下风。酣战百回，杨再兴更顺势杀死了岳飞之弟岳翻。

---

① 《建炎以来系年要录》记载：“（绍兴元年九月）初，武功大夫、荣州团练使、知郢州曹成虽受官爵，称兵如故。”

② 《建炎以来系年要录》记载：“（绍兴二年三月）乙未，江西安抚大使李回言：‘湖东名贼曹成在道州、马友潭州、李宏岳州、刘忠处潭岳之间。’”

③ 《宋史·杨再兴传》。

考虑到岳家军声势浩大，杨再兴不敢恋战，只好且战且退。由于主帅之弟被杀，岳家军不敢怠慢，死命追击杨再兴，誓不让他逃跑。连番厮杀，杨再兴体力渐渐不支，只好领着残存的亲兵逃向广西。

杨再兴这边在死战，另一边曹成却率众向韩世忠投降了。在岳家军拼命追击下，杨再兴逃至静江界中，不得已跳入深水，为岳家军所擒。正当士兵要杀之以报岳翻之仇时，杨再兴忽然说出一句："我是好汉，你们把我带到岳飞处，我要见他!"说罢，杨再兴垂下双手，任由士兵以粗绳捆缚。

正当杨再兴以为必死之际，一幕《三国演义》常见的画面出现了——岳飞一见杨再兴，就马上趋前，亲自为他解缚，然后说："我跟你是同乡人，你是好汉，我不会杀你。我只希望你能以忠义报效国家。"如此这般做派，加上由死到生，杨再兴怎会不感激涕零？自此，岳家军多了一员不世的悍将。

大家别以为如此精彩的故事，一定是著者那支妙笔杜撰出来的。事实上，这一段是结合了《宋史》和《三朝北盟会编》的相关记载写成，笔者只是把它由文言变成白话而已。[①]

（二）威震中原

绍兴六年（1136），岳飞屯驻襄阳（今湖北省襄阳市）以图北伐中原。这座襄阳城就是《神雕侠侣》中郭靖与黄蓉死守的城池。襄阳古城地处汉水中游南岸，北临南阳（今河南

---

① 事见《宋史·杨再兴传》，《三朝北盟会编》卷一百五十一。

省南阳市），南接荆门（今湖北省荆门市，素有“荆楚门户”之称），是古代兵家必争之地。据文献记载，襄阳城周九里，原本是一座土城，到了南宋时期，朝廷在襄阳城东、南、西三个城门上增建了瓮城，并在重要位置包砌了砖墙，在城垣上增筑了马面和看楼，大大加强了城池的防御能力。故此，襄阳城又有“华夏第一城池”之称。

岳飞屯驻襄阳城后，即派遣杨再兴进驻西京长水县（今河南省洛阳市洛宁县长水乡）的业阳。当时，伪齐的西京留守司统制郭德、魏汝弼、施富、任安中等人率领五万兵马侵犯邓州（今河南省邓州市）。杨再兴与张宪、郝晸等领兵一万迎敌。两军在内乡（今河南省南阳市内乡县）遇上，对峙了两天。

其时，杨再兴与张、郝二将商议，提出：“贼势锐利，而我军人数与之相距甚远，他们必定会看轻我们。这正好给我们将计就计的机会——我们以轻兵迎战，示之以弱；接战后，马上诈败退却，敌人必定会乘势追杀，那时候，我们以伏兵突袭，自然能够取胜。”众将听到杨再兴的计谋后，无不拍手称好。

翌日早上，杨再兴命将士轻兵迎敌，并佯败逃走。果不其然，敌军乘势追杀。待敌军过后，一早在暗处埋伏的大队人马见机尽起，从后掩杀。而原先佯败的部队也掉过头来，回师夹击。一众岳家军见机会来临，无不精神抖擞，以风卷残云之势，把敌军杀退，并生擒了郭德、施富，夺得五百余匹马，俘士卒千人。魏汝弼等见大势已去，只好收拾残兵，退回洛阳。[①] 翌日，杨再兴点起士兵，再战孙洪涧。智勇双全的杨再兴大破孙氏，杀败敌众二千人，收复了长水县，并得粮饷二万石，西京一带的险要，悉数夺回。同时，杨再兴又夺得“伪齐所留马万匹，刍粟数十万”[②]。

其后，杨再兴又攻陷蔡州（今河南省汝南县），把敌军粮草全数焚毁。

（三）商桥死战

杨再兴不单骁勇善战，而且足智多谋，绝对是岳飞麾下一员虎将。他在中原一带取得连番胜仗，无异给南宋军民打了一支强心针，一时间，各地义军并起，大大阻延了金兵入侵之势，为南宋争取了极大的空间与时间。

绍兴十年（1140），完颜兀术（女真名译音，又作完颜宗弼）撕毁和约，再次起兵攻打南宋。岳飞收到消息，马上派遣部下李宝、孙彦前往曹州（今山东省菏泽市）迎战金兵，又派遣杨再兴、牛皋等领兵策应。两路兵马会合后，大破金军二十万，“兀术领溃兵走往汴京”。[③] 岳飞又派遣张宪、傅选到颍昌（今河南省许昌市一带）与金军韩常作战。韩常退走陈州，向完颜兀术求救。

岳飞知悉，速遣牛皋、徐庆等与完颜兀术、韩常大战于淮宁，金兵败走，退回汴京（今河南开封市）。其后有大小战事

---

① 事见《三朝北盟会编》卷二百零七。

② 《宋史·杨再兴传》。

③ 事见《三朝北盟会编》卷二百零七。

多场，完颜兀术节节败退。最后，完颜兀术与韩常等部合兵十二万，进逼郾城，屯驻临颍（郾城、临颍都在今河南省漯河市）。

刘锜告急，朝廷马上命令岳飞星夜驰援。到达郾城之后，岳飞派遣杨再兴、李璋“经略西京、汝、郑、颍昌、陈、曹、光、蔡诸郡”，以便支援郾城。[①] 完颜兀术知道岳飞入驻，随即会合“龙虎大王、盖天大王及韩常兵”，[②] 逼近郾城。于是，岳飞派遣儿子岳云迎战。鏖战数十回合后，金兵开始有点左支右绌。杨再兴见机不可失，便单骑突入敌阵，意图活捉完颜兀术。但见他在敌阵来回冲突，虽然最终未能一举生擒完颜兀术，但也“手杀数百人而还”。[③] 读者可能会认为《宋史》的记载有点夸张，那我们看看《三朝北盟会编》的记述：“杨再兴单骑入虏阵，欲直擒兀术，不获，杀数十百人而还，身被数十创。”这就合理多了，否则大家还以为笔者在写演义小说。

作为完颜阿骨打的第四子，又是金国开国名将，完颜兀术当然不会善罢甘休。“愤甚”[④] 的他，迅速集结龙虎大王、盖天大王和韩常等部共十二万人于临颍，意图报此一战之仇。而另一边的岳飞也不敢怠慢，“自郾城遣杨再兴、李璋，将骑军

---

① 《宋史·岳飞传》记载：“十年，金人攻拱、亳，刘锜告急，命飞驰援，飞遣张宪、姚政赴之。帝赐札曰：‘设施之方，一以委卿，朕不遥度。’飞乃遣王贵、牛皋、董先、杨再兴、孟邦杰、李宝等，分布经略西京、汝、郑、颍昌、陈、曹、光、蔡诸郡。”

② 《宋史·杨再兴传》。

③ 《宋史·杨再兴传》。

④ 《宋史·杨再兴传》。

三百为一队”，作为前哨部队，靠近临颍。

正当两边都在绞尽脑汁想办法时，杨再兴这支小队却在小商桥（今河南省漯河市临颍县与郾城区交界的小商河上）遇上金兵。常言道“仇人见面，分外眼红”，杨再兴二话不说，就率三百轻骑突入金军。一如既往，杨再兴还是一马当先，白甲银枪，直插金军心脏。然而，这一次敌我数目太悬殊了。一重又一重的兵马，层层围着中军将帅，任凭杨再兴如何冲刺，还是刺不到要害之处。据《宋史·杨再兴传》记载：“再兴以三百骑遇敌于小商桥，骤与之战，杀二千余人，及万户撒八孛堇、千户百人。”两千个士兵、一百个千户（小头目）、一个万户（中头目），这绝对是非同小可的战功。可是，这份战功的代价实在太大了，杨再兴赔上了自己的性命。

《宋史·杨再兴传》记载：“再兴战死，后获其尸，焚之，得箭镞二升。”“箭镞”，即箭头，以古代一升约重1.5千克计算，杨再兴身上留下的箭头有3千克重。这是一个怎么样的概念？宋代箭镞大概重三钱，即15克，3千克箭镞换算出来，大约是200支箭。杨再兴一人身中200支箭，这是何等激烈、何等悲壮的遭遇战！

第二节　忠烈杨家将

将到镇上，只见路旁有座大庙，庙额上写着“杨将军庙”四个金字。岳灵珊道：“爹，我知道啦，这是杨再兴将军的庙，他误走小商河，被金兵射死的。”岳不群点头道：“正是。杨将军为国捐躯，令人好生敬仰，咱们进庙去瞻仰遗容，跪拜英灵。”眼见其余众弟子相距尚远，四人不待等齐，先行进庙，只见杨再兴的神像粉面银铠，英气勃勃。岳灵珊心道：“这位杨将军生得好俊！”转头向林平之瞧了一眼，心下暗生比较之意。

便在此时，忽听得庙外有人说道：“我说杨将军庙供的一定是杨再兴。”岳不群夫妇听得声音，脸色均是一变，同时伸手去摸剑柄，却听得另一人道：“天下姓杨的将军甚多，怎么一定是杨再兴？说不定是后山金刀杨老令公，又说不定是杨六郎、杨七郎？”又有一人道：“单是杨家将，也未必是杨令公、杨六郎、杨七郎，说不定是杨文广呢？”另一人道：“为什么不能是杨四郎？”先一人道：“杨四郎投降番邦，绝不会起一座庙来供他。”另一人道：“你讥刺我排行第四，就会投降番邦，是不是？”先一人道：“你排行第四，跟杨四郎有什么相干？”另一人道：“你排行第五，杨五郎五台山出家，你又为什么不做和尚？”先一人道：“我做和尚，你便得投降番邦。”

——《笑傲江湖》

在《笑傲江湖》中，岳不群一家与桃谷六仙在机缘巧合下，不约而同走到杨将军庙。他们两行人对庙宇主祀神明“杨将军”的身份各有不同看法。岳家以为那是杨再兴；“桃谷六仙”六人却各有说法，由杨再兴说到杨老令公、杨六郎、杨七郎和杨文广。他们不约而同地把杨家的各个角色都抖了出来。事实上，正如本章开头所说，民众因为演义小说的关系，大都以为杨再兴真的就是杨家将后人。

杨家将跟杨再兴一样，都是真实的历史人物，他们的事迹经演义小说的演绎，并经古今“媒体”（例如说书、小说、电视剧、电影）的渲染，早已成为平民百姓心目中的大英雄。

（一）杨老令公杨继业

杨家将主要活动时间是北宋初年，活动地点在北部战线，其领头人物就是原为北汉建雄军节度使的杨业。

据《续资治通鉴长编》卷九说，“（宋太祖开宝元年）继业本名重贵，姓杨氏，重勋之兄。幼事北汉世祖，遂更赐以姓名”，故杨业原名重贵，被北汉世祖赐名刘继业。降宋以后，刘继业恢复本姓，并以单字“业”为名。目前，史学界对杨业生平事迹中的争议处，主要有三：生年、籍贯及晚节。

（二）生年与籍贯

杨业的生年问题，由于史籍没有明确记载，故后人只能根据一些间接叙述，旁敲侧击地推测。目前主要有两种说法：第一，生于长兴元年（930）；第二，生于长兴三年（932）。而太原大学康玉庆却不认同此二说，并根据《资治通鉴》《续资治通鉴长编》等史籍，推论杨业之生年为应顺元年（934）。①

有关杨业的籍贯问题，由于史书的记载并不统一，所以争议颇大。总的来说，共有三种说法：（1）并州太原；（2）山西河曲；（3）麟州新秦。

---

① 详见康玉庆：《杨业事迹小考》，《晋阳学刊》1995 年第 1 期，第 104—106 页。

提出第一种说法的，是南宋王称的《东都事略》（卷三十四：“杨业，并州太原人也。”）和元代脱脱的《宋史》（《宋史·杨业传》：“杨业，并州太原人”。）；此说的问题在于误把杨业的现居地当作籍贯。所谓籍贯，是指祖父（注意籍贯是从父不从母）或以上祖辈长久居住地，所以“现居地”不能当作籍贯。杨业是在事刘崇后、归宋前居于晋阳，所以太原只是暂居地。

第二种说法，是根据宋太宗的一则诏书提出的杨业为国捐躯，宋太宗下诏表彰：“故云州观察使杨业诚坚金石，气激风云。挺陇上之雄长，本山西之茂族。”（《宋大诏令集》[①] 卷二百二十《杨业赠太尉大同军节度使制》[②]）《宋大诏令集》是北宋朝廷的诏令文书编集，不少人因其是官方文件之故，据之引证这说法。例如清朝姜廷铭在《保德州志》卷六《官师第六》写及杨业时，便说《旧志》“即本州人”（按：清以前之《保德州志》，姜未言明版本）。这个说法的主要依据是宋太宗那句“本山西之茂族”，然而此山西不同于今日之山西。隋唐以前，山西指函谷关、崤山以西的地域；到了隋唐，山西泛指太行山以西一带；直至明代，山西才成为一个行政区域的名称。因而，据此引证杨业籍贯为山西河曲的说法是需要商榷的。

---

① 《宋大诏令集》共两百四十卷，宋绶、宋敏求编。它辑录了宋太祖至宋徽宗朝的重要诏令。现仅存一百九十六卷，诏令三千八百余篇。

② （宋）宋绶、宋敏求编，司义祖点校：《宋大诏令集》，中华书局，1962，第 844 页。

第三种说法的论据比较多，而且大多是北宋时编撰的著作，例如杨亿的《杨文公谈苑》、曾巩的《隆平集》、司马光的《资治通鉴》和欧阳修的《供备库副使杨君墓志铭》（皇祐三年）。《资治通鉴》卷二百九十一记载“麟州土豪杨信自为刺史”，杨信，即杨业之父，至少说明了杨业的父辈已定居麟州。又欧阳修《供备库副使杨君墓志铭》论述杨琪（杨业乃其伯祖）家世时指：“君讳琪，字宝臣，姓杨氏，麟州新秦①人也。新秦近胡，以战射为俗，而杨氏世以武力雄其一方。其曾祖讳弘信，为州刺史。”② 他直截了当地指出，杨业父辈居于麟州。这个说法最受史家认同，例如余嘉锡在《杨家将故事考信录》中便说：“《通鉴》称业父信为麟州土豪，则业固当为麟州人。”

（三）杨业的生平

杨业的父亲是杨信（字弘信），为北汉麟州刺史。杨业自

---

① 新秦郡是唐朝时新设的郡，天宝元年（742）以麟州改置，治所在新秦县（今陕西神木县北），乾元元年（758）复为麟州。

② 欧阳修《供备库副使杨君墓志铭》说：“君讳琪，字宝臣，姓杨氏，麟州新秦人也。新秦近胡，以战射为俗，而杨氏世以武力雄其一方。其曾祖讳弘信，为州刺史。祖讳重勋，又为防御使。太祖时，为置建宁军于麟州，以重勋为留后，后召以为宿州刺史、保静军节度使，卒赠侍中。父讳光扆，以西头供奉官监麟州兵马，卒于官。君其长子也。君之伯祖继业，太宗时为云州观察使，与契丹战殁，赠太师、中书令。继业有子延昭，真宗时为莫州防御使。父子皆为名将，其智勇号称无敌，至今天下之士至于里儿野竖，皆能道之。”

幼“傥任侠，善骑射，好畋猎”，[①] 打猎所得往往是他人的一倍以上，可谓“虎父无犬子”。作为将门之后，杨业自小已有为将之志，他小时候曾经对他的随从说：“我将来做了将帅之后，用兵打仗，就好像现在打猎时，用猎鹰猎犬追逐野鸡兔子一样，手到擒来。”听到这句话，相信在当时的随从心中，应该觉得杨业过于托大。然而，谁知道这一预言竟能成真。

《宋史·杨业传》记载，杨业“弱冠事刘崇，为保卫指挥使”。“弱冠”，指男子满二十岁。才刚成年的杨业不单没有怯懦怠战，反而以骁勇闻名于外。后来，杨业更因为屡立战功，累迁至建雄军节度使。所谓英雄出少年，杨业所到之处，战无不胜、攻无不克，所以时人都称呼他为“杨无敌”。“杨无敌”之说，乍听之下，似乎有点夸张，但的确是《宋史》的真实记录，而后来由清朝姜廷铭所修的《保德州志》亦有此说法。[②]

（四）北汉刘崇

杨业起于北汉，亦是开国皇帝刘崇赐姓刘。北汉是五代十国之中最后一个存活的政权，也是十国中唯一立国于北方的国家。它的首都是晋阳，即今山西省太原市。

北汉开国皇帝刘崇是后汉（五代第四个王朝）的开国皇帝高祖刘知远的弟弟。原为后汉大将的郭威，因为后汉隐帝的猜忌而造反，最后篡后汉自立，建立了五代最后一朝后周。作

① 《宋史·杨业传》。

② 姜廷铭在《保德州志》中记载：“宋，杨业。业善战，号杨无敌，本北汉建雄节度使刘继业。”

为刘知远的弟弟，又是河东节度使、太原尹的刘崇自不甘落后，于是据河东十二州称帝，仍用后汉的乾祐年号（后汉高祖刘知远的年号，后来后汉隐帝刘承祐沿用），史称北汉。

刘崇的哥哥刘知远一生致力于对抗契丹。昔年，刘知远作为幽州道行营招讨使时，曾在忻口（今山西忻州市，素有“晋北钥匙”之称）大破契丹，后又在阳武谷（今山西原平市西北三十五里）再破契丹，胡人自此“不敢南下牧马”。可是，天不假年，刘知远在位不满一年，就龙驭宾天。而其子隐帝刘承祐又无力御下，于乾祐三年（950）为郭威所杀。后汉成为五代史上国祚最短之王朝，共传二帝，历时四年。

刘崇立国以后，因为势孤力弱，竟然一反哥哥的做法，转而投靠契丹，奉辽帝为叔皇帝。刘崇以为引契丹为援后，可以反攻后周，却多次为后周世宗柴荣（郭威之养子）所败，损兵失地。刘崇死后，其子刘钧嗣位，更奉辽帝为父皇帝，可谓丧权辱国之极。

后来，柴荣死了，其子柴宗训继位。不久，原为后周殿前都点检的赵匡胤发动陈桥兵变，篡夺后周政权，建立了宋朝。宋太祖赵匡胤与宰相赵普定下“先南后北、先易后难”① 的战略，所以位于南方的南唐首当其冲，而位于山西的北汉遂得以苟延残喘。

---

① “先南后北、先易后难”最初由后周重臣王朴在其《平边策》中提出，并为后周世宗采纳。王朴在文中指出“攻取之道，从易者始。当今惟吴易图”，“得吴（指南唐），如此则用力少而收功多。得吴则桂、广皆为内臣，岷蜀则飞书而召之。如不至，则四面并进，席卷而蜀平矣。吴蜀平，幽可望风而至”。

（五）宋太宗灭北汉

北汉睿宗刘钧嗣位以后，先后面对来自后周与北宋的压力。无论是柴荣，还是赵匡胤兄弟，都视北汉为眼中钉，不除不快。为了抵御后周与北宋，刘钧“更进一步”发展与契丹的关系，在上表辽帝时自称“男”，而辽帝下诏时也不客气地称他为“儿皇帝”。

太平兴国三年（978），在宋太宗赵光义的威压下，割据福建漳泉两府的陈洪进和割据两浙的吴越钱氏都相继纳土称臣。南方已定，是时候解决北面的问题了。

太平兴国四年（979）正月，宋太宗派大将潘美作为先锋率军北上，围攻北汉都城太原。二月，宋太宗御驾亲征，誓要一举把北汉这颗眼中钉拔除。

此时，北汉的皇帝是英武帝刘继元。原来，刘钧早已于乾德六年（968）病逝。其继位者刘继恩被侯霸荣杀死，于是帝位就落到外甥兼养子刘继元手上。这个刘继元本姓何，其母是北汉开国皇帝刘崇的女儿，后来过继给舅父刘钧做养子，所以改姓刘。

刘继元承嗣后，北汉已危若累卵。面对北宋大军压境，他急忙送出儿子刘让到契丹作为人质，乞求出兵救援。当然，辽帝亦深知北汉乃辽宋之间重要的缓冲区，也不想刘继元倒下，因此马上派出援军。可是，宋太宗此征是志在必得，加上他御驾亲征，宋军上下士气高昂。三月十六日，郭进在石嶙关（今山西阳曲县东北）大破契丹援军，辽将耶律敌烈战死，契丹损兵一万多人。

石嶙关之败，让契丹意识到“儿国”北汉已不能幸免了，所以也不再派出援军。另一边厢的宋太宗大军士气高昂，正欲乘胜追击。同年四月，宋太宗自镇州（今河北正定县）进军，攻破隆州（今山西祁县东）后，会师太原城下。此时，太原城外无援兵、内无斗志，加上杨业素来不满刘氏祖孙三代屈膝辽国，所以他作出了重要的决定，一个改写历史的决定——劝说北汉主刘继元投降。

此时，刘继元手上的筹码并不多。一方面，契丹已不能指望了；另一方面，手下仅存的大将杨业又力主降宋；再加上宋太宗此仗志在必得，根本没有斡旋的余地。故此，刘继元很快便投降了（按：关于杨业劝刘继元投降一事，《宋史》和《续资治通鉴长编》有不同的记载。后者载“及继元降，继业犹据城苦战”）。

（六）受降杨业

北汉，赵光义固然是志在必得，但毕竟是囊中之物，到手不过是时间的问题；但杨业，却是国士无双。据《宋史》记载，“太宗征太原，素闻其名，尝购求之”，宋太宗素闻杨业之盛名，以往也曾试过收买他。“购求”一词，既可以解作收买，也可以理解为悬赏捕人。姑勿论是哪种解释，可以肯定的是，宋太宗是很重视且忌惮杨业的。

刘继元投降后，宋太宗马上命令他派人劝降杨业。虽然北汉已亡，但使者持书而至时，杨业仍不失礼节，“北面再拜”，然后才“释甲”面见宋太宗。

收得杨业，宋太宗自然喜不自胜，不单对他抚慰有加，更准他恢复原姓（早年，刘崇赐杨业“刘氏国姓”），并授右领军卫大将军（按：《续资治通鉴长编》记载，宋太宗授杨业左领军卫大将军）。还师汴京后，又授杨业郑州刺史。

（七）望“杨”而逃

由于杨业熟悉边疆军事，于是宋太宗改迁他为知代州兼三交驻泊兵马部署。代州即是今山西省忻州市代县，它北踞恒山余脉，南跨五台山麓，地势险要，号称“天下九塞之首”的雁门关就是代州最重要的关隘。昔日北汉主刘继元曾于此处置建雄军，作为防御契丹的重要关防。因此，宋太宗也不敢怠慢，不单厚赏杨业以资鼓励，而且更有密封锦囊给他。

杨业复迁代州，就像是蛟龙得水。他很快就布置好代州的防御。太平兴国五年（980），辽国派出十万大军急攻雁门关，欲报此前的“一战之仇”。探得这个消息后，杨业并不着急。理论上，作为“天下九塞之首”的雁门关，易守难攻，只要杨业闭关自守，辽人也无可奈何。然而，他们三不五时地入侵，却是很烦人的。因此，杨业决定给他们一次迎头痛击。

杨业趁契丹大军抵达雁门关前，率领麾下数千骑兵，自西而出，抄小路直奔雁门关北口。骑兵机动力强，一下就绕到辽军的背部。由于辽人以为宋军会死守雁门关，所以军队只面向南方关内，北面完全没有布防。当杨业的骑兵队忽然从北而来，就如同天降神兵，迅即彻底击溃了辽军。

杨业的军队神出鬼没、战斗力强大，把契丹打怕了。《宋史》说，自这一仗之后，辽人只要远远看到杨业的帅旗，就会马上逃去。本来就有“杨无敌”传说的杨业，自这一天起，更成为辽人交口称誉的“战神”。

（八）战神之死

雍熙三年（986），宋太宗认为这是收复燕云十六州的时机。[①] 于是，他点起二十万大军，分兵三路伐辽。而杨业作为副将，辅助云应路行营都部署潘美，主攻西路。而东路军则名将云集，并以曹彬为主，负责牵制辽军主力。

这场雍熙北伐，一开始时是很顺利的。西路军接连攻取云、应、寰、朔四州。这四州在代州以北，正是杨业经营已久的地区，加上此处离辽军主力还有一段距离，所以宋军能以破竹之势拔下。而东路军也攻克固安南城、涿州。

辽承天太后萧绰深知其骑兵在平原才能发挥最大威力，而且只要能击破主力的东路军，北宋的三路军队将不战而退。所以，她与辽圣宗决定御驾亲征，亲临涿州东五十里驻扎，等待曹彬的东路军。反观东路军，将帅云集倒成为累赘。曹彬无力约束诸将，只好顺从众意，急行四天，赶在辽帝之前攻下涿州。最后，曹彬的确攻下了涿州，却埋下了败亡之根——连日赶路、急于攻城，使宋军上下疲惫不堪。

本来，只要曹彬步步为营逼近涿州，纵然不敌，也不会落

---

① 燕云十六州，又称幽云十六州，大致相当于今北京、天津及河北、山西北部一带。其地包括幽、蓟、瀛、莫、涿、檀、顺、云、新、妫、儒、武、应、寰、朔、蔚十六州。这十六州本是沿着长城铺开，是中原王朝防备草原游牧民族的前线。

得大败。然而，一切都晚了。萧太后、辽圣宗见机不可失，于是趁着宋军人马疲乏之际，命令大将耶律休哥出击。

果不其然，曹彬得了涿州也没用，城不坚、兵不利，只好又匆匆撤城而走。而耶律休哥以逸待劳，全军士气正值高昂之时，加上地理优势，所以不费太大力气就杀败宋军。所谓"得势不饶人"，耶律休哥从后尾随曹彬，一路掩杀。《辽史·圣宗本纪》说，两军最后"战于歧沟关，大败之，追至拒马河，溺死者不可胜纪"。

潘美、杨业的西路军等只好班师，退回代州。在冷兵器时代，老百姓既是战斗力，也是生产力，所以宋太宗下诏把攻下的云、应、寰、朔四州百姓内迁至代州，以充实边疆。至于掩护之责，当然落在西路军身上。

其实，宋太宗的想法并没有错，可是这时候，辽承天太后萧绰与大臣耶律汉宁、南北皮室等十余万大军已攻陷寰州，刚好横插在云、应、寰、朔四州中间。此时此刻，实在容不得潘、杨二人犯任何错误，否则不仅四州民众，甚至西路军都性命堪忧。

杨业向主帅潘美提议道："现在辽兵兵势正盛，我们不可与它们交战。朝廷只是命令我们内迁四州民众，我们只需要领兵出大石路，而之前先派人密告云、朔二州守将，等待大军离开代州，就马上带领云州民众撤退。然后，我们大军移至应州布防，辽军必然被吸引住，从寰州领兵来拒。这时候，马上命人带领朔州民众出城，直入石碣谷（今山西朔州南）。入谷后，即派强弩手千人守在谷口，并以骑兵驰援中路。如此一来，三州民众，可保万全！"

杨业此计的主要目标是“内迁四州百姓”，而计谋的核心是以北宋大军为饵，吸引辽军注意力，然后趁敌军调动之时，救出手无寸铁的民众。今日看来，此计实在大妙，可是这世界总有一些无知小人，只会叫嚣扰乱。

蔚州刺史王侁不认同杨业的主张，反诘道：“领着数万精兵，却畏惧懦弱如此！大军只要大张旗鼓，向雁门北川直奔，定能战胜敌人。”其时，营内另一大将，军器库使、顺州团练使刘文裕亦赞同王侁之说。

杨业听后，急道：“不可！这是必败之势！”王侁以杨业为降将，故意刺激他说：“君侯素来号称‘无敌’，为什么今日见到敌人却迟迟不能出战，莫非是别有他志?”

说到这分上，杨业自知只会越辩越黑，于是回应道：“我杨业并不是贪生怕死，只是因为今日时机不利我军，勉强进军只徒令士卒死伤，无功而还。但是今日王君你责难杨业避战，我只好从你所愿。好吧！就让杨业担当诸君先锋吧！”

“风萧萧兮易水寒”，当日在易水之上，荆轲为报“知遇之恩”，勇于刺杀秦王；今日，杨业为表忠诚，也唯有献出项上人头。临行之前，杨业泣告潘美：“此次凶多吉少，我杨业乃太原（北汉）降将，城破之日，本来就应当死去。幸得主上恩宠，不但不杀我，还授我以将帅兵权。今日，不是我纵敌不击，只是我希望等待一个好机会，利用一下，以立尺寸之功报效国恩。可是，你们诸位都责难杨业贪生怕死、回避敌人。故此，我唯有以战死沙场来报效国家！”这是何等悲壮的陈词！《史记·刺客列传》写了一员刺客，叫作豫让。他在临死之前说了一句话：“（智伯）国士遇我，我故国士报之。”杨业，真乃国士无双！

虽云九死一生，但只要有一线生机，杨业也不会放弃。他指着陈家谷，跟诸将说："诸君在这里设置步兵强弩，作为左右翼以援助我。待会，我就会转战到这里，届时请大家派出步兵夹击敌人，救我出重围。否则，不单杨业会死，我帐下诸将也无生还之理。"

听罢，潘美即与王侁点起麾下兵列阵于陈家谷口。自寅时至巳时，王侁不停命人登上托逻台远望，但迟迟都不见有契丹军队攻来，于是以为契丹已经败走。王侁为免这个大功劳白白丢失，所以不理会潘美的多番劝阻，坚持领兵离开谷口。

王侁沿着交河西南行了二十里，忽然打听到杨业败阵的消息，又马上领亲兵退走。另一边的杨业拼命死战，从中午杀到黄昏，终于退到陈家谷。杨业满心以为有潘、王二路生力军接济，但到了陈家谷口却发现四野无人。前无援兵，后有追兵，杨业还可以做什么？

杨业回过神来，即领帐下兵士继续力战。经过一日战斗，杨业已经筋疲力尽，身上数十个伤口，麾下士卒也都死光，但他还是顽强抵抗，"手刃数十百"。然而，人可以靠着顽强意志撑下去，马却不能。杨业的坐骑因为重伤而不能再走了。

战无可战，走无可走，号称"杨无敌"的杨业被契丹擒获了。他的儿子杨延玉也战死。英雄末路，杨业叹息道："主上对我甚好，期望我能讨贼捍边。然而我却反为奸臣所迫，致使王师败北，我哪有颜面继续活下去！"遂绝食，三日后死去。至此，"杨无敌"的传说落幕了。

第三节　杨家将传奇

杨家将故事在北宋中叶就已经广泛流传。像欧阳修、苏辙等文坛领袖，都曾经书写过杨业、杨延昭父子。到了南宋，强烈的民族意识使杨家将故事越传越盛，也越写越神化。民间艺人加入了丰富的想象、艺术的笔触，并创造出娶了穆桂英的杨宗保。

到了明清时期，杨家将故事再次升华，并以不同形态出现，有小说、评书、杂剧。杨家将以一身忠肝义胆，浇铸出杨家将传奇，成为国人心中“忠义”的代名词。

第三章
行高峰顶松千尺[①]：契丹耶律洪基

说起《天龙八部》中的乔峰（萧峰），相信大家都不会陌生。杏子林事变中，他眨眼间制服了全冠清，其气魄之大、能力之强，让天下英雄都心服口服。可惜的是，宋辽是“面和心不和”，群雄对身为契丹人的乔峰始终是不信任的，于是乔峰潇洒地留下了打狗棒，扬长而去。因为要追寻自己的身份，乔峰来到塞北，遇上了完颜阿骨打，后来更与辽道宗耶律洪基结成义兄弟，成为南院大王。

第一节 草原上的镔铁

辽国是一个由契丹族建立的政权。契丹是汉语译音，有时会译作“吉答”“乞塔”“乞答”“吸给”等。

契丹原来的意思是“镔铁”，这说法来自《金史·太祖本纪》，其记载说：“上（金太祖）曰：‘辽以宾铁为号，取其坚也。’”“宾铁”，即“镔铁”，是古代一种来自外国的钢材，释玄应、释慧琳编著的《一切经音义·苏悉地经》卷中《镔铁》条说：“出罽宾等外国，以诸铁和合，或极精利，铁中之

① 摘自耶律洪基诗作《赠法均大师》。

上者是也。”“契丹”一词，恰恰展示了辽国军马的强大与锐利。至于国号辽，有学者说是因辽水（今辽河、古代六川之一）而命名，也有学者认为这是“辽远”的意思，是对国家远大发展的寄望。

无论如何，这个志向远大的民族所建立的政权，横亘北方超过两百年，九代皇帝都心心念念着中原疆土。辽国的第一任皇帝辽太祖叫耶律阿保机。他成为契丹部落联盟领袖后，于贞明二年（916）以“契丹”为国号，定都于上京临潢府（今内蒙古赤峰市巴林左旗南波罗城）。大同元年（947），耶律阿保机的次子辽太宗耶律德光，率军攻陷后晋首都开封府，后晋宣告灭亡。辽太宗早有久占中原的意图，因此顺势改国号为“大辽”。可是，辽太宗管理不善，既纵兵掠夺，又不让诸节度使返回镇地，惹来极大的反抗。不久，辽太宗在引兵北返途中，病逝于河北栾城。

辽太宗之死，引发了辽国内部继任人之争。将领属意由耶律阮继位，但太后述律平却不同意，一心要由耶律李胡继位。二人在泰德意交战后，太后终于认同由胜方耶律阮继任，是为辽世宗。辽世宗继位后耽于酒色，任用奸佞，朝政不修，在贞明元年（915）被耶律察割发动政变杀死了。后来，耶律察割又被杀死，在大臣的拥立下，由耶律璟即位，是为辽穆宗。

辽穆宗性好杀戮，常亲手杀人，有时为了打猎，竟然一个月不上朝，以致朝纲败坏。他任内曾发生多次大规模的叛乱，例如耶律娄国及林牙耶律敌烈谋乱。辽穆宗在位十八年，最少有五起大规模叛乱，可见朝局之纷乱。保宁元年（969），辽穆宗被侍人弑杀，耶律贤获大臣推举为帝，是为辽景宗。

辽景宗果然不负他的名字“贤”，在任期间政治清明，把辽国带到全盛时期。可惜他身体虚弱，在乾亨四年（982）病逝。幸好，他家有贤妻——萧绰皇后。萧皇后尽心辅助继位的辽圣宗耶律隆绪，并亲自摄政，她就是辽史上著名的萧太后。在萧太后摄政、辽圣宗统治下，辽国上下一心，并与宋朝订立《澶渊之盟》。辽圣宗本人除精于骑射外，亦爱好汉文化，所以辽宋两国共同创造出百年和平。

辽圣宗去世后，由其长子辽兴宗耶律宗真继位。辽兴宗继位初期，也有一位萧太后摄政；不过，这位萧耨斤太后（法天太后）却不同于萧绰太后。她倒行逆施，重用贪官污吏和娘家亲信，并意图废黜辽兴宗。最后，她被辽兴宗废掉，被逼“躬守庆陵”。自此，辽国国势急剧转衰，既与宋朝交恶，又与西夏发生战争。

清宁元年（1055），耶律洪基继位，是为辽道宗。他任内发生了耶律重元之乱，加上金国崛起，辽国灭亡已是不可避免。乾统元年（1101）辽道宗去世，由皇孙耶律延禧继位，是为天祚帝。保大二年（1122），金军攻克辽国中京，天祚帝被逼流亡。保大五年（1125），天祚帝在应州被金军俘虏，辽国灭亡。连同契丹国时期，辽国享祚超过两百年，历经九位皇帝。

第二节　乔峰的兄弟耶律洪基

《天龙八部》有这样一段描述：

（乔峰便道）“甚好，甚好，在下萧峰，今年三十一

> 岁。尊兄贵庚?”那人笑道:“在下耶律基(耶律洪基),却比恩公大了一十三岁。”萧峰道:“兄长如何还称小弟为恩公?你是大哥,受我一拜。”说着便拜了下去。耶律基急忙还礼。
>
> 两人当下将三枝长箭插在地下,点燃箭尾羽毛,作为香烛,向天拜了八拜,结为兄弟。

在小说中,乔峰释放了耶律基,并以英雄气概感动了他,于是二人结为兄弟。耶律基,其实是辽国第八位皇帝辽道宗耶律洪基的化名。

清宁元年(1055),辽兴宗于行宫去世,遗诏由其子耶律洪基继承帝位。耶律洪基即位后,册封其叔父耶律重元为皇太叔、天下兵马大元帅[①]。从此,他埋下了辽国祸乱的一条伏线。

(一)重元之乱

辽兴宗时期,辽国国势已由盛转衰;到了耶律洪基当家,辽国衰势更为明显。耶律洪基重用的,有不少是奸佞弄权之臣,先是皇太叔耶律重元,后是权相耶律乙辛。他们二人先后谋反,重创辽国元气。而耶律重元之乱,更被金庸书写在《天龙八部》之中:

---

① 《辽史·道宗本纪》记载:“二十四年秋八月……壬辰,以皇太弟重元为皇太叔,免汉拜,不名……十一月……乙巳,以皇太叔重元为天下兵马大元帅。”

次日一早，探子来报，皇太叔与楚王率领兵马五十余万，北来犯驾。洪基寻思：“今日之事，有进无退，纵然兵败，也只有决一死战。”

五骑马缓缓出来，居中一人双手捧着一张羊，朗声念了起来，念的正是皇太叔颁布的诏书：“耶律洪基篡位，乃是伪君，现下皇太叔正位，凡我辽国忠诚官兵，须当即日回京归服，一律官升三级。”

据《辽史·道宗本纪》记载，“皇太叔重元与其子楚国王涅鲁古……等凡四百人，诱胁弩手军犯行宫”，而辽道宗耶律洪基这边有“南院枢密使许王仁先、知北枢密院事赵王耶律乙辛……等率宿卫士卒数千人御之”。“四百人”对“数千人”，大约是一比十的比例，兵力颇为悬殊。正常情况下，如果早知兵力悬殊，除非抱有侥幸心态，否则不应谋反。而且，耶律重元位高权重，既是皇太叔，又是天下兵马大元帅，按理他一生财禄无忧，何必铤而走险？所以，耶律重元这次谋反，很难不让人猜想这是耶律洪基很早就设下的圈套。再者，《辽史·逆臣传上》有一个记载颇为耐人寻味，就是“（耶律重元）子涅鲁古。涅鲁古，小字耶鲁绾，性阴狠。兴宗一见，谓曰：‘此子目有反相。’”耶律洪基之父辽兴宗这句话，到底是有先见之明，还是对耶律重元父子早有疑心，实在是可堪玩味。假如真的早有疑心，那么耶律重元之乱，也真有可能是耶律洪基诱使发生的。

《辽史·耶律仁先传》补充了一段史料，是耶律洪基与南院枢密使耶律仁先的对话，其内容与《辽史·道宗本纪》有点出入，其记载是这样的：

> （清宁）九年七月，上（耶律洪基）猎太子山，耶律良奏重元谋逆，帝召仁先语之。（耶律）仁先曰："此曹凶狠，臣固疑之久矣。"帝趣仁先捕之。
>
> 仁先出，且曰："陛下宜谨为之备！"未及介马，重元犯帷宫。
>
> 帝欲幸北、南院，仁先曰："陛下若舍扈从而行，贼必蹑其后；且南、北大王心未可知。"仁先子挞不也曰："圣意岂可违乎？"
>
> 仁先怒，击其首。帝悟，悉委仁先以讨贼事。乃环车为营，拆行马，作兵仗，率官属近侍三十余骑阵柢枑外。及交战，贼众多降。

这段史料来自耶律仁先的传记，描写对象就是耶律仁先，主题是凸显他的忠勇。撇开这点不说，大家可以留意到两个重点：第一，辽兴宗、辽道宗父子其实一直疑心皇太叔一族，所以当耶律良奏报耶律重元谋逆时，耶律洪基并没有太大反应，马上就召见了耶律仁先。耶律仁先道："此曹凶狠，臣固疑之久矣。"如此看来，上文提及的"可能是洪基预设的圈套"的说法，或者可以成立。第二，文中提及耶律仁先"率官属近侍三十余骑阵柢枑外"，这里的"三十余骑"远少于《辽史·道宗本纪》记载的"数千人"。这"三十余骑"对上耶律重元的"四百人"，大概只有"引颈就戮"的下场。因此，这"三十余骑"估计只是先发部队（因为是近侍，正好在耶律洪基身边），并非主力部队。

姑勿论是否为耶律洪基设下的圈套，重元之乱在开始时已经在耶律洪基掌握之中。关于这场叛乱的结局，《天龙八部》如此写道：

> 萧峰以足尖踢马，纵马向楚王直冲过去，眼见离他约有二百步之遥，在马腹之下拉开强弓，嗖的一箭。向他射去。萧峰羽箭又到，这一次相距更近，一箭从他左胁穿进，透胸而过。楚王身子一晃，从马背上溜了下来。

这段情节跟历史所记，其实不差太远。据《辽史·道宗本纪》记载，“涅鲁古跃马突出，将战，为近侍详稳渤海阿厮、护卫苏射杀之”，耶律重元则“亡入大漠，自杀”。“射杀楚王”、“皇太叔自觉无颜，已在途中自尽而死”都是与史实相差无几。

《辽史·耶律仁先传》的描述，就更是绘声绘色：“重元与数骑遁去。帝执仁先手曰：‘平乱皆卿之功也。’加尚父，进封宋王，为北院枢密使，亲制文以褒之，诏画《滦河战图》以旌其功。咸雍元年，加于越，改封辽王，与耶律乙辛共知北院枢密事。”从“平乱皆卿之功也”一句，我们隐约看到耶律仁先身上有萧峰的身影。不同的是，小说中的萧峰只是一介平民，而耶律仁先已是辽国南院枢密使。祸乱平定后，萧峰获耶律洪基赐封楚王、南院大王，而耶律仁先则获耶律洪基加尚父，进封宋王，为北院枢密使，同样是高官厚禄、无上光荣。

总结这场叛乱，我们有理由怀疑这是耶律洪基有意设计的圈套，不过，这些都是我们后人的臆测而已，只聊备一说。事实上，耶律重元谋反更像是历史的必然进程。《辽史 · 伶官传》有一个说法：“重元既恃梁孝王之宠，又多郑叔段之过。”“郑叔段之过”是来自《左传》“郑伯克段于鄢”的典故——弟弟段叔因母亲的溺爱和哥哥郑伯的纵容，终酿成大错，起兵谋反。而重元之乱的发生，也因为辽兴宗过于溺爱、纵容自己的弟弟，《辽史 · 伶官传》记载：“上（辽兴宗）尝与太弟重元狎昵，宴酣，许以千秋万岁后传位。重元喜甚，骄纵不法。”《辽史》如此书写，显然是想指出重元之乱的始作俑者，是作为兄长的辽兴宗，而耶律重元的谋反似乎只是重复着历史的轨迹。

（二）乙辛之祸

除重元之乱，辽道宗朝最大的叛逆事件就是乙辛之祸。

耶律乙辛是辽道宗朝的权相，自辽道宗耶律洪基即位后，即成为宠臣，由同知点检司事，迁同知北院枢密副使。清宁五年（1059），迁南院枢密副使。清宁九年（1063），擢升为南院枢密使，封赵王。平定重元之乱后，升任北院枢密使，进封魏王。后更署理太师，权势一时无两。太康元年（1075），耶律乙辛诬陷宣懿皇后萧观音与伶人赵惟一通奸，造成辽史上有名的“十香词冤案”。结果，宣懿皇后被处死。后又构陷太子耶律浚谋反，致其冤死狱中。最后，因为暗害皇太孙耶律延禧不果，贬为南院枢密使，削除王爵，迁兴中尹。自此，耶律洪基察觉其奸，不再信任他。太康七年（1081），耶律乙辛因“鬻禁物于外国”的罪名被捕。其后，耶律乙辛试图逃奔北宋不果，于太康九年（1083）在狱中被缢死。

第三节　耶律洪基的另一面：爱好汉文化与和平

如果只从重元之乱和乙辛之祸去看耶律洪基，相信大家都只会得出“昏君”的评语；然而，从宏观角度去看，辽道宗朝的两起叛乱，其实不过是重复着辽国历朝历代的步伐。有学者统计过，契丹立国以来，自太宗耶律德光始，先后发生过阴谋杀兄夺嫡叛乱多达二十二次。[①] 换句话说，叛乱也许不光是耶律洪基个人问题，或许更多的是辽国政治体制和道德伦理的缺陷。

撇开这两起祸乱不说，历史上的耶律洪基也有让人欣赏的一面。宋人晁说之曾这样赞美他说：

> 契丹自澶渊之盟到今凡九十有八年矣！可谓久矣！古未有也。宗庙社稷之威灵于是乎在。然今虏主鸿基者与有力焉，涂路之人皆知。虏主虽生羯犬之乡，为人仁柔，讳言兵，不喜刑杀。慕仁宗之德而学之，每语及仁宗，必以手加额，为仁宗忌。日斋不忘，尝以白金数百，铸两佛像，铭其背曰：“愿后世生中国。”其用心盖可知也。[②]

“为人仁柔，讳言兵，不喜刑杀”，这跟我们认知的艺术

① 李树基：《耶律洪基在锦州肇建大广济寺塔考略》，《锦州师范学院学报》（哲学社会科学版），1998 年第 1 期，第 127 页。

② 晁说之：《嵩山文集》卷二《朔问下》，四部丛刊本。

形象已经非常不同。在小说中，耶律洪基一直念念不忘南下攻宋，并因此与结义兄弟萧峰反目成仇，然而在现实中的他却是“讳言兵”的。

（一）讳言兵

苏轼的弟弟苏辙曾在元祐四年（1089）出使辽国，贺耶律洪基寿辰，回国后给宋哲宗写了五道札子，其中一道为《二论北朝政事大略》，里面提及耶律洪基“颇知利害，与朝廷和好”，“蕃汉人户休养生息，人人安居不乐战斗”，给了耶律洪基一个非常正面的评价。[①] 除了这些官吏文士的记录外，宋人叶隆礼编写的《契丹国志》卷九也记载了一件事，正好佐证“讳言兵”之说：

> 辽帝大渐，戒孙延禧曰：“南朝通好岁久，汝性刚，切勿生事。”又戒大臣曰：“嗣君若妄动，卿等当力谏止之。”

“大渐”，即是病危的意思。耶律洪基在人生最后关头，仍然不忘告诫嗣位者耶律延禧要继续与宋朝“通好”，可见辽宋和平是他心头上重中之重的事情。

上面所引的都是他人记述，而从目前仅存的、由耶律洪基

---

① 苏辙在《栾城集》卷四十二《二论北朝政事大略》中说：“北朝皇帝年颜见今六十以来，然举止轻健，饮啖不衰，在位既久，颇知利害。与朝廷和好年深，蕃汉人户休养生息，人人安居，不乐战斗。加以其孙燕王幼弱，顷年契丹大臣诛杀其父，常有求报之心，故欲依倚汉人，托附本朝，为自固之计。”

撰写的文书，也可以看到他“讳言兵”的一面。《全辽文》卷二收录了耶律洪基撰写的《致宋帝商地界书》，里面提及处理边境争议时，两国应采取的举措：那些有争议的边防建筑要“尽令拆移”，如果边境官员不遵从，就要互相申报，并“各差官员。同共检照”；而耶律洪基更在信中申明守约之心，“信誓之间，且无违爽”。[①] 这封国书，是成于咸雍十年（1074），即耶律洪基四十二岁之时。当时他正值壮年，却没有逞匹夫之勇，而是决意以协商方法解决辽宋边境之争。[②]

（二）“慕仁宗之德而学之”

前文引晁说之之言，有一句“慕仁宗之德而学之，每语及仁宗，必以手加额，为仁宗忌”，抖出了耶律洪基作为宋仁宗粉丝的一面。

宋仁宗赵祯是宋朝第四位皇帝。他遵守了真宗朝订立的“澶渊之盟”，在位四十二年与辽国一直和平相处。关于宋仁宗的历史，实在难以用三言两语说清楚，笔者只提两件事。一

---

① 《全辽文》卷二。

② 《契丹国志》卷九把这件事的前因后果都记录下来，其文如下：

“甲寅咸雍十年。宋熙宁七年。春三月，辽遣使萧禧诣宋争河东地界。国书大略言河东路沿边增修戍垒，起铺舍，侵入彼国蔚、应、朔三州界内，乞行毁撤，别立界至等事。神宗面谕以‘三州地界俟差官与北朝职官就地头检视定夺。雄州外罗城今修已十三年，即非创筑，又非近事。北朝既不欲如此，更不令接续修。白沟馆驿亦俟差官检视，如有创盖楼子、箭窗等，并令拆去，屯戍兵级，并令抽回’。国书亦云：‘倘事由夙昔，固难徇从，诚有侵逾，何吝改正’。”

件是庆历三年（1043）的庆历变法，另一件是嘉祐二年（1057）的科举考试。前者，虽然以失败告终，却为后来王安石的熙宁变法拉开序幕；后者，似乎只是一次普通的科举考试，可是却涉及了唐宋古文八大家之中的五家，① 绝对是文学史上一件盛事。至于仁宗是“仁”还是不“仁”，同样也难以用三言两语说清楚，不如我们看看《宋史·仁宗本纪》的评论：

> 仁宗恭俭仁恕，出于天性，一遇水旱，或密祷禁庭，或跣立殿下。有司请以玉清旧地为御苑，帝曰：“吾奉先帝苑囿，犹以为广，何以是为？”燕私常服浣濯，帷帟衾裯，多用缯絁。宫中夜饥，思膳烧羊，戒勿宣索，恐膳夫自此戕贼物命，以备不时之须。大辟疑者，皆令上谳，岁常活千余。吏部选人，一坐失入死罪，皆终身不迁。每谕辅臣曰：“朕未尝詈人以死，况敢滥用辟乎！”至于夏人犯边，御之出境；契丹渝盟，增以岁币。在位四十二年之间，吏治若偷惰，而任事蔑残刻之人；刑法似纵弛，而决狱多平允之士。国未尝无弊幸，而不足以累治世之体；朝未尝无小人，而不足以胜善类之气。君臣上下恻怛之心，忠厚之政，有以培壅宋三百余年之基。子孙一矫其所为，驯致于乱。《传》曰：“为人君，止于仁。”帝诚无愧焉。

---

① “唐宋八大家”一说源自明代茅坤的《唐宋八大家文钞》，这“八家”分别是：唐代的韩愈、柳宗元和宋代的欧阳修、苏洵、苏轼、苏辙、曾巩、王安石。这次“嘉祐二年科举”，宋五家都直接或间接地参与了——欧阳修权知礼部贡举，作为主考官；曾巩与苏轼、苏辙兄弟同场竞技；而苏洵则是送二子应试。

《宋史》编者脱脱先是叙述了宋仁宗之善政，后又指出朝中有小人也是世之常情，处处正面维护仁宗，最后更指出宋仁宗作为皇帝，实无愧于“仁”字。

耶律洪基对宋仁宗的崇拜，绝对超过了我们的想象范围。作为百年来的宿敌，辽宋两国国君，纵然不是死敌，也不应该是朋友，更不可能是粉丝与偶像之间的关系。耶律洪基却偏偏突破了我们的想象空间。根据《契丹国志》卷九记载，耶律洪基的父亲辽兴宗曾经要求用辽圣宗和自己的画像，换取宋真宗和宋仁宗的“圣容”。辽兴宗去世后，这事暂时作罢。到了耶律洪基亲政，他又复求宋真宗和宋仁宗的画像。这次当然成功了。[①] 这条史料与前面引述的晁说之的说法十分吻合。如此看来，耶律洪基对宋仁宗的爱是父亲的“遗传”。

宋人邵博的《邵氏闻见后录》收录了这条史料：

> 仁皇帝崩，遣使讣于契丹，燕境之人无远近皆聚哭。虏主执使者手号恸曰：“四十二年不识兵革矣。”其后北朝葬仁皇帝所赐御衣，严事之，如其祖宗陵墓云。

耶律洪基不仅为偶像之死而恸哭，而且更为其立衣冠冢，并视“如其祖宗陵墓”。这是多么真诚的爱，或者真如电影

① 《契丹国志》卷九记载：“先是，重熙（1032—1055），兴宗以其父圣宗及己画像二轴，诣宋求易真宗、仁宗圣容，曰：‘思见而不可得，故来求圣容而见之也。’宋朝许而会兴宗崩，遂寝。至是，遣使再求。宋命修撰胡宿为回谢使，李缓副之，且许以御容，约因贺正旦使置衣箧中交致焉。”

《东邪西毒》所说："最了解你的人不是你的朋友，而是你的敌人。"

（三）爱好汉文化

或许，耶律洪基因为宋仁宗而爱好汉文化；或许，耶律洪基因为汉文化而仰慕宋仁宗。无论里里外外，耶律洪基绝对称得上是"汉文化爱好者"，而这爱好是自小开始培养的。

耶律洪基龙潜王邸之时，已接受汉文化熏陶。他还是皇太子时，身边的近侍、老师都是深通儒学之人，诸如王傅萧惟信、[①] 教授姚景行[②]和近侍耶律良[③]都精通汉文化。在这群人的熏陶和教导下，耶律洪基对汉文化有了深刻的认识。到了耶律洪基亲政后，他更致力于推广儒学，这在《辽史》中摭拾可得。例如：

> （清宁元年十二月）戊戌，诏设学养士，颁《五经》传疏，置博士、助教各一员。[④]

---

① 《辽史·萧惟信传》记载："资沉毅，笃志于学，能辨论。……重熙十五年，徙燕赵国王傅，帝（兴宗）谕之曰：'燕赵左右多面谀，不闻忠言，浸以成性。汝当以道规诲，使知君父之义。有不可处王邸者，以名闻。'惟信辅道以礼。"

② 《辽史·姚景行传》记载："景行博学。重熙五年，擢进士乙科，为将作监，改燕赵国王教授。"

③ 《辽史·耶律良传》记载："读书医巫闾山。学既博……重熙中，补寝殿小底，寻为燕赵国王近侍。"

④ 《辽史·道宗本纪》。

（清宁六年六月）丙寅，中京置国子监，命以时祭先圣先师。[①]

（咸雍十年冬十月）丁丑，诏有司颁行《史记》、《汉书》。[②]

（大安）二年春正月辛卯，如混同江。己酉，五国诸部长来贡。癸丑，召权翰林学士赵孝严、知制诰王师儒等讲《五经》大义。[③]

（大安四年夏四月）癸卯，西幸。召枢密直学士耶律俨讲《尚书·洪范》。

（大安四年五月）辛亥，命燕国王延禧写《尚书·五子之歌》。

（大安五年）三月癸酉，诏析津、大定二府精选举人以闻，仍诏谕学者，当穷经明道。[④]

推广儒学当然是有助于耶律洪基理平朝政，但从他日常的言行来看，相信这是出自真心的。退一步说，即使这并非发自真心，“久假而不归，恶知其非有也”。[⑤]

---

① 《辽史·道宗本纪》。

② 《辽史·道宗本纪》。

③ 《辽史·道宗本纪》。

④ 《辽史·道宗本纪》。

⑤ 《孟子·尽心上》，大约意思是开始时并非真心，但长期假装，你又怎知他没有这份心思。

第四节　余论："愿后世生中国"

晁说之在《朔问下》记载："（耶律洪基）日斋不忘，尝以白金数百，铸两佛像，铭其背曰：'愿后世生中国。'""愿后世生中国"从此广为流传，后世不少学者以此认为耶律洪基仰慕汉文化。耶律洪基爱好汉文化，这一点毋庸置疑，前文亦已析论过。然而，"愿后世生中国"却未必是这结论的有力证据。

重熙二十三年（1054）冬十月癸丑，时为皇太子的耶律洪基曾经在开泰寺铸造银佛像，这在《辽史·兴宗本纪》有相关记载，[①] 而耶律洪基亦在银佛背后刻了四十四个字，这亦收录在《全辽文》卷二《银佛背铭》中。全文如下：

> 白银千两，铸二佛像。威武庄严，慈心法相。保我辽国，万世永享。开泰寺铸银佛，愿后世生中国。耶律弘基虔心银铸。

近人张江裁曾到访开泰寺，并证明银佛背后镌阴文篆书共四十四字，这段见闻收录在他的《燕京访古录》。[②] 所以，"愿

---

① 《辽史·兴宗本纪》记载："（重熙二十三年冬十月）癸丑，以开泰寺铸银佛像，曲赦在京囚。"

② 张江裁《燕京访古录》记载："西便门内西北一里，菜园井台后，有颓残佛殿三楹，内有一台，上座一佛，高三尺八寸，恶像狰狞，须发鬃烈，双耳环佩下垂，如金刚像，半衫半甲，花云战靴，双手捧钵、左髅盘、右髅立、眦目裂齿，威武绝世，背后镌阴文篆书银佛铭曰……共四十四字，考此地，当是大辽开泰寺也。"

后世生中国”出自耶律洪基之手当无问题。那么这句话的问题出在哪里呢？

最大问题在于“中国”二字的定义。《银佛背铭》的“中国”，指称的可能是三个地方：（1）大部分人心目中的宋朝；（2）耶律洪基的祖国辽国；（3）佛陀的祖国中天竺。而今天流传下来的，只有《银佛背铭》的四十四个字，没有更多的注释，换句话说，“中国”是否就是我们心目中的“中国”就成为疑问。

历史不是小说，耶律洪基也是一个拥有真实感情的人，而不是演员，我们是没法简单地用“二分法”把他定义为“昏君”或“贤君”的。瑞士心理学家卡尔·荣格提出了“人格面具”的概念，作为皇帝、丈夫和父亲的耶律洪基，也一样有多张“人格面具”，我们很难用一个笼统的说法去总结他的为人。最后，我就以《辽史·道宗本纪》的论赞作结：

> 道宗初即位，求直言，访治道，劝农兴学，救灾恤患，粲然可观。及夫谤讪之令既行，告讦之赏日重。群邪并兴，谗巧竞进。贼及骨肉，皇基寖危。众正沦胥，诸部反侧。甲兵之用无宁岁矣。一岁而饭僧三十六万，一日而祝发三千。徙勤小惠，蔑计大本。尚足与论治哉！

第四章
剑岭云横控西夏[①]：党项李元昊

《天龙八部》的世界观很广阔，在宋、辽和大理的同期，还有一个横亘在中原西北方的少数民族政权——西夏。它是中土和尚虚竹的夫人、“梦姑”的娘家。梦姑是李秋水的孙女，天山童姥说她“端丽秀雅，无双无对”。而她的身份是西夏银川公主；娶到她，既拥有“颜如玉”，也成了西夏驸马，拥有西北半壁江山。所以，小说中人人都对这位西夏公主趋之若鹜。

西夏，一个中国历史课本中常常出现的名称，我们对它既熟悉，又陌生。熟悉的，是它的名字；陌生的，是它的历史。

第一节　西夏立国前传

西夏，是由党项人李元昊在宝元元年（1038）建立的政权。要认识西夏的历史，我们必须从唐朝末年说起。

唐乾符元年（874），银州刺史拓跋乾晖之孙拓跋思恭，因为平定黄巢之乱有功，授夏州定难军节度使，封夏国公，并

① 摘自柳永：《一寸金·井络天开》。

赐姓李。[1] 自此，西夏拓跋氏改为李姓，并成为夏（今陕西横山区）、绥（今陕西绥德县）、银（今陕西米脂县）、宥（今陕西靖边县）四州的实际统治者。

开平四年（910），西夏李氏第三代（以李思恭为西夏李氏第一代）李仁福为定难军节度使，先后臣附于后梁、后唐。开运元年（944），西夏李氏掌政者李彝殷率兵协助后晋攻打契丹。乾祐元年（948），李彝殷被后汉高祖刘知远授予侍中；乾祐二年（949），后汉以静州（今陕西米脂县西）归之。从此，西夏李氏便据有西北夏、绥、银、宥、静五州。

建隆元年（960），李彝殷被宋太祖赵匡胤授为太尉，死后，更获赠太师，追封夏王。太平兴国七年（982），李彝殷之孙李继捧继位，因为族群内部矛盾，于是率族献地予宋太宗。然而，李继捧此举没有得到族弟李继迁的认同。素以“勇悍有智谋”见称的李继迁于是以恢复故土为号，起兵叛乱，并联合辽国，不断侵扰宋朝边境。

雍熙二年（985），李继迁攻下银州，自称定难军留后，并向宋朝的宿敌辽国称臣请婚。辽圣宗耶律隆绪当然不会放过这个机会，不仅封李继迁为夏国王，又以封义公主嫁之。得到辽国的支援后，李继迁声势大增。宋太宗马上采取相应举措，包括任命李继捧为定难节度使以回应李继迁自称定难军留后的行为，同时也任命李继迁为银州观察使以羁縻之。

淳化五年（994），李继迁与李继捧讲和，二人秘密缔结

---

① 《辽史·西夏外纪》记载：“西夏，本魏拓跋氏后，其地则赫连国也。远祖思恭，唐季受赐姓曰李，涉五代至宋，世有其地。”

合作关系，并定下了“联辽抗宋”的战略方针。至道二年（996），宋夏发生了一场小规模的战争。其后，李继迁遣使求和。到了咸平五年（1002），李继迁再次发兵围攻灵州，援兵未至，灵州已宣告失守。李继迁食髓知味，接续攻下了西凉府（今甘肃武威）。然李继迁因遭吐蕃六谷部大首领潘罗支设伏，中流矢身亡，终年四十二岁。[①]

景德二年（1005），宋真宗决定对党项实施以财帛换和平的方针，主动提出和谈。次年九月，和议成立，宋朝敕命李继迁之子李德明为定难军节度使，封西平王，并赐予大量银帛绢茶。狡猾的李德明在得到宋朝封赐后，同时又向辽国称臣纳贡，请求册封。辽国遂封他为大夏国王。

完成了“和宋联辽”的战略方针后，李德明可以腾出双手，全力西攻回鹘，夺取甘（今甘肃张掖北）、瓜（今甘肃瓜州县东）二州。后又南击吐蕃，夺取西凉，并杀败仇人潘罗支，成功掌握了河西走廊。

李德明对外全力扩张，把邻近的弱小势力逐一消灭；对内大力发展农业，鼓励商贸。其后他更在灵州怀远镇（今宁夏银川）筑城，定名兴州，作为都城，其野心可谓昭然若揭。

---

① 《辽史·西夏外纪》记载：“（李继迁）遂率众攻西蕃，取西凉府，都首领潘罗支伪降，继迁受之不疑。罗支遽集六谷蕃部及者龙族合击之，继迁大败，中流矢。”

第二节　西夏开国之君：李元昊

从唐末李思恭开始，李氏（拓跋氏）一门即成为西北一带的实际统治者。到了李继迁的时候，李氏慢慢成为宋辽都要争取（或者提防）的第三方势力。[①] 到李德明时，更开始有了建邦立业的意识。天圣九年（1031），李德明死，长子李元昊继位，西夏迎来崭新一页。

接过父亲的名位后，李元昊马上进行立国的准备。他改姓嵬名氏，更名为曩霄，号兀卒，以示“李赵赐姓不足重”之意。他又改革官制、兵制，扩建宫城，升兴州为兴庆府，定为都城，并颁行西夏文字。景祐元年（1034），李元昊建元“开运”。宝元元年（1038），李元昊正式称帝，国号“大夏”，改元“天授礼法延祚”。此时，西夏正式立国，疆域西起玉门关（今甘肃敦煌西小方盘城），东至黄河，北抵大漠，南尽萧关（今宁夏同心南），自南而北有约六百五十公里。

李元昊称帝，表面上看来，只是七八年间的事，但仔细想想，其实自李继迁起，李氏已有不臣之心。所以，称帝一定是经历数代的琢磨和筹划，断不可能只是这七八年间就办妥。反观宋朝，面对这个昔日的藩国，心里绝不好受。第一，情感上放不下；第二，宋朝必须做点事以儆效尤。于是，宋仁宗在康定元年（1040）、庆历元年（1041）和庆历二年（1042），分

① 《辽史·西夏外纪》记载：“（西夏）至李继迁始大，据夏、银、绥、宥、静五州，缘境七镇，共东西二十五驿，南北十余驿。”

别发动了三川口[①]、好水川[②]和定川寨[③]三大战役。很可惜，宋军在这三大征夏战役中，都是以战败收场。然而，西夏从战争中也得不到“甜头”，死伤“相半”“财力不给”，巨大的损失迫使李元昊与宋朝达成和议。[④] 庆历三年（1043），李元昊以“西夏主”的名义向宋称臣，而宋朝则“岁赐银、绮、绢、茶二十五万五千”[⑤] 予西夏。

如果大家有留意，可知前文提及过西夏是同时向宋、辽称臣，所以对“元昊称帝”不满的，除了宋仁宗外，还有辽兴宗耶律宗真。重熙十三年（1044），耶律宗真亲领骑兵十万，分三路直扑西夏。面对契丹铁骑，李元昊甫接战就败下阵来，只好退守贺兰山。狡诈的李元昊深知辽国之不可战胜，于是一面遣使求和，拖延时间；另一面则连续三次往后方撤退，而每退必定坚壁清野。在此战略下，辽国战线被大幅拖长，渐渐地

---

① 《宋史·夏国列传》记载：“夏人攻金明寨，执都监李士彬父子。破安远、塞门、永平诸寨，围延州，设伏三川口，执刘平、石元孙、傅偃、刘发、石逊等。又攻镇戎军，败刘继宗、李纬兵五千。”

② 《宋史·夏国列传》记载：“元昊自将精兵十万，营于川口……宋师大败。怿、刘肃及福子怀亮皆战没。”

③ 《宋史·夏国列传》记载：“战于定川，宋师大败，葛怀敏死之。直抵渭州，大焚掠而去。”

④ 《宋史·夏国列传》记载：“元昊虽数胜，然死亡创痍者相半，人困于点集，财力不给，国中为‘十不如’之谣以怨之。”

⑤ 《宋史·夏国列传》。

物资补给也困难起来。[①] 这时，李元昊瞄准时机，纵兵劫掠，大败辽军于德胜寺南壁，致使耶律宗真只能随着数骑遁逃。李元昊深知辽国之强大，即便遭受小挫，但很快会缓过气来，所以他果断地遣使求和，以免泥足深陷。

聪明的李元昊明白到宋、辽、夏三者的微妙关系。它们就像昔日的魏、蜀、吴三国，三者互相制衡。最弱的西夏当然是攻劫的目标，但它却不是一颗软柿子，可以随便揉捏。无论是宋朝还是辽国，要吃下西夏都必须大费周章。而宋辽虽然都是强国，但谁都没有把握灭掉对方。在攻掠西夏时，谁都要留一手以防对方偷袭。事实上，在宋夏三大战役进行时，辽国曾经趁火打劫，想乘势敲诈宋朝。因此，最不想宋夏和议的，肯定是辽国。倒过来说，宋朝也不想看到庆历四年（1044）的辽夏之战就此结束。

总之，李元昊就是把握住了这种微妙的三角关系，带领西夏周旋在宋辽之间。

第三节　虚竹岳丈李乾顺

上一章写过乔峰的义兄辽道宗耶律洪基的事迹，而这时候西夏的当家君主应为李乾顺。《天龙八部》如此写道：“西夏疆土虽较大辽、大宋为小，却也是西陲大国，此时西夏国王早

---

① 《宋史·夏国列传》记载：“辽兵至者日益，夏乃请和，退十里，韩国王不从。如是退者三，凡百余里矣，每退必赭其地，辽马无所食，因许和。”

已称帝，当今皇帝李乾顺，史称崇宗圣文帝，年号‘天佑民安’，其时朝政清平，国泰民安。”

李乾顺是李元昊的曾孙。天授礼法延祚十一年（1048），李元昊为太子宁令哥所弑。在舅父没藏讹庞的安排下，夏毅宗李谅祚以一岁之龄继位。如此幼年登位，国家权柄自然落在母亲没藏氏和她的兄长手中。待李谅祚十二岁时，即奲都三年（1059），在大将漫咩等的支持下，李谅诈诛杀没藏讹庞及其家族，正式执掌国家朝政。可惜，掌政不久，正值壮年的李谅祚却在二十一岁英年早逝。

拱化五年（1067），李谅祚长子李秉常以七岁之龄继立，并由梁太后摄政。皇帝年幼、太后权重，西夏政权又再次落入外戚手中。夏惠宗李秉常是一个爱好汉族儒家文化的君主，常常想“复行汉礼”，废除“蕃仪”，然而权柄尽在梁氏姐弟（梁后之弟为梁乙埋）手中，他无可奈何。而且，梁氏姐弟为了个人利益，常假借李秉常名义向宋朝发动战争。于是，夏宋两国关系又步入低谷。大安八年（1081），梁氏姐弟把李秉常软禁在兴庆府附近之木寨，引发西夏动乱。宋神宗借机攻夏，然而皆大败而回，更被逼签订和约。天安礼定元年（1085），梁太后逝世。翌年，李秉常以二十六岁之龄逝世。

李谅祚、李秉常皆以冲龄即位，又以壮年逝世。而虚竹之岳丈，即李秉常长子，夏崇宗李乾顺亦以冲龄即位。

天安礼定二年（1086），李乾顺以三岁之龄继位，由其母梁氏（昭简文穆太后、梁乙埋之女）、皇族嵬名阿吴、将军仁多保忠，共同辅政，分掌西夏军政大权。这三人背后牵连着千丝万缕的家族利益，彼此冲突不绝，由是“疑阻日深”。天祐民安五年（1094），西夏终于发生内乱，嵬名阿吴、仁多保忠在梁太后的支持下，诛杀“潜谋篡夺”的外戚梁乞逋（梁太后之弟）。

除去权臣梁乞逋后，梁太后获得前所未有之权力，她把持西夏军政大权，对内专政独裁，对外入侵宋境。为了对抗西夏的入侵，宋朝在边境修筑堡寨五十余所。梁太后曾亲率大军进攻其中的平夏城（章楶修筑，今宁夏固原市原州区三营镇）和灵平寨（亦为章楶修筑，今宁夏固原市原州区头营镇王浩堡村），遭受宋军据城寨顽强抵抗，最后大败折返。永安二年（1099），辽道宗耶律洪基深知梁太后已尽失人心，故遣使至西夏，赐其毒酒。

梁太后死后，李乾顺终于亲掌政权，时年十六岁。据《西夏书事》卷三十一记载，李乾顺“秉性英明，处事谨慎，守成令主也”[①]，“令主”即是“贤德之君主”的意思，李乾顺似乎是一个不错的君主。反观宋朝，宋哲宗赵煦虽然只有二十出头，但他当皇帝不久便病故，由宋徽宗赵佶接手，也即是在靖康之难被金人掳去的二帝之一。而辽国的境况也不见得好，乾统元年（1101），辽道宗耶律洪基身故，帝位将传到末代皇帝天祚帝耶律延禧手上。宋、辽、夏，本来是宋辽强、西夏弱的形势，但这两年将迎来天翻地覆的改变。

李乾顺亲政后，第一件事就是改变梁太后“攻打宋朝”

---

① 《西夏书事》卷三十一记载：“乾顺使殿前太尉李至忠、秘书监梁世显如辽贡献请婚。辽主问乾顺为人，至忠对曰：‘秉性英明，处事谨慎，守成令主也。’辽主善其对，命徐议之。”

的战略。他明白夏国的存在方略是既不得罪宋，也不开罪辽。无论是宋还是辽，都没有能力一口把西夏吃掉，但连年征战，只会拖垮国内经济，大有乱起萧墙之虞。因此，他选择了“和宋附辽”的战略方针。事实上，从雍宁元年（1114）起，宋夏接连发生古骨龙、臧底河、仁多泉震武城和统安城多场战事，双方各有胜负，损耗甚巨。有鉴于此，李乾顺果断地在元德元年（1119）主动向宋请和，宋徽宗也下令罢兵。至于辽国，李乾顺在亲政之初，为消弭梁太后之死的风波，即向辽道宗请结姻亲。其时，辽道宗不允。到了贞观四年（1104），天祚帝才把宗室女成安公主嫁予李乾顺。

李乾顺对外和宋附辽，对内积极倡导学习汉文化。之前，李元昊“创建蕃学”，于是西夏举国倾向“蕃学”，而“汉学日坏”，致使“士皆尚气矜，鲜廉耻”。因此，李乾顺“始建国学”，置教授，设弟子员三百人，并由官府提供廪食，量才录用。[①] 西夏士风因而有所转变。

① 《西夏书事》卷三十一记载：“自曩霄创建蕃学，国中由蕃学进者诸州多至数百人，而汉学日坏。士皆尚气矜，鲜廉耻，甘罹文网，乾顺患之。御史中丞薛元礼上言：‘士人之行，莫大乎孝廉；经国之模，莫重于儒学。昔元魏开基，周、齐继统，无不尊行儒教，崇尚《诗》《书》，盖西北之遗风，不可以立教化也。景宗以神武建号，制蕃字以为程文，立蕃学以造人士，缘时正需才，故就其所长以收其用。今承平日久，而士不兴行，良由文教不明，汉学不重，则民乐贪顽之习，士无砥砺之心。董子所谓不素养士而欲求贤，譬犹不琢玉而求文采也，可得乎？’于是乾顺命于蕃学外特建国学，置教授，设弟子员三百，立养贤务以廪食之。”

第四节　宋辽亡，夏国存

宋、辽、夏三国国势此消彼长。宋辽俱逢君王新丧，而夏国却迎来李乾顺的亲政。李乾顺之前，历代夏主大都是英年早逝，而嗣位者都是孩童，国家权柄往往掌握在外戚与宗室之手，国势自不可能安稳。自李乾顺亲政以后，制定任用官员和后妃宗族的升迁制度，国势由是日趋稳定。

正当西夏国势冉冉而起之际，另一股少数民族势力——女真也慢慢崛起，成为辽国背后之疽、宋朝他日之患。

元德四年（1122）三月，金攻辽西京，李乾顺派出五千兵马驰援辽国，未几西京失守。五月，辽天祚帝遁逃阴山，李乾顺遣大将李良辅领三万精兵援救，并于天德军设伏兵击败金兵。[①] 得胜后，李良辅骄傲自大，结果反为金将娄室与斡鲁夹击战败，损失惨重。[②] 辽天祚帝只好再逃亡。

元德五年（1123）正月，李乾顺再次出兵救辽。他按辽主命令，屯兵于可敦馆，相为声援。然而，金将娄室领兵戍守朔州，筑城霸德山，把西夏大军阻隔在外。五月，金都统斡鲁

---

① 《西夏书事》卷三十三记载：“五月，遣大将李良辅救辽，破金兵于天德军。”

② 《西夏书事》卷三十三记载：“良辅既胜金军，时久雨，谓金兵怯，恃众不备。已，闻娄室出陵野岭，留将拔离速扼险来拒，遂纵兵渡宜水，为方阵前突。娄室分军为二，迭出迭入，转战三十里，将近宜水，金都统斡鲁军又至，从旁合击。良辅大败，死者数千人，退走野谷，渡涧水，水暴至，漂没不可胜计。”

遣斡离不、银术可等攻袭阴山，俘虏了辽国宗室。天祚帝诈降，实西逃云内。

按《西夏书事》卷三十三记载：“夏与金兵势悬殊，乾顺不畏宜水之败，复出师为辽声援，霸德山之阻，乃力之不足，非心不诚也。”夏国兵力实在不足与金兵相论，所以西夏可以说是仁至义尽。故于元德六年（1124）正月，李乾顺“奉表称藩于金，金赐以辽西北地”。元德七年（1125），李乾顺的皇后、辽国成安公主，因为辽国覆亡，而且世子李仁爱早夭，“不食”而死。

元德八年（1126），李乾顺与金国约定共同攻略宋朝。李乾顺乘金攻宋之机，占领了天德军（今内蒙古乌拉特前旗北）、云内州（今内蒙古呼和浩特西南）、震威城（今陕西榆林境内），后来天德军、云内州被金人占去。而西夏获得西安州（今宁夏海原西）、怀德军（今宁夏固原北）作补偿。

正德元年（1127），金国攻破北宋首都汴京，掳走徽钦二帝，北宋宣告灭亡。大德三年（1137），金国把乐州（今青海乐都）、积石州（即后来的“祈安城”，今青海贵德县境）、廓州（今青海化隆回族自治县西南黄河北岸）割予夏国，并设榷场（边境的市场）。此时，夏国在李乾顺的领导下，疆域之广，可谓空前绝后。

大德五年（1139）六月，李乾顺过世，其子李仁孝继位。他继承了父亲的做法，十分重视儒学教育，即位不久，即下令各州县设立学校，并尊孔子为文宣帝，兴修孔庙。后又仿宋朝科举制，立“唱名法”，策试举人，并任命为官。虽然李仁孝颇有其父之风，并创造了天盛盛世（天盛为李仁孝之年号），但由于西夏官僚作风日趋腐败，而且国内的官、军、僧数目剧增，造成庞大的财政压力，夏国已步入由盛转衰的局面。

第五节　西夏之衰亡

乾祐二十三年（1192），李仁孝卒，其子李纯祐继位。自李纯祐始，西夏国势日渐倾颓。当时，蒙古部族在成吉思汗的领导下开始在漠北崛起。

天庆十二年（1205），蒙古攻陷夏国之吉里寨，纵兵劫掠后离去。[①] 翌年，镇夷郡王李安全（李乾顺之孙、李仁孝之侄）废李纯祐自立，改元应天。同年，成吉思汗以夏国不纳贡为由，攻取了西夏之“斡罗孩城”。

自天庆十二年始，蒙古就经常攻打西夏，而且每每大捷而回。应天四年（1209），夏国皇子李承祯为元帅，率兵抵御蒙古，但大败而回。外族的入侵、内部的腐败，加速了西夏灭亡的节奏。

光定元年（1211），齐王李遵顼废李安全自立。遵顼继位后，仍然与金国连年征战，给予蒙古可乘之机。光定六年（1216），李遵顼不理成吉思汗约攻花剌子模之令，结果遭受蒙古第四次进攻。最后，李遵顼遁逃到西京西平府，由太子李德任代守城。蒙古军退后，李遵顼终于明白“火头”不能太多，于是主动向金国提出议和，共抗蒙古，可惜金国不许。后又想“联宋攻金”，不过朝中意见不一，最后难以执行。

① 《西夏书事》卷三十九记载：“蒙古初来侵，破力吉里寨。”

乾定元年（1224），李遵顼因太子李德任不肯领兵侵金，故将之废黜，并改而传位于次子李德旺，“自号上皇”。李德旺即位后，马上暗地里联络漠北诸部，共同抵抗蒙古。乾定二年（1225），蒙古大将孛鲁攻击银州，西夏守将塔海被俘。此时，西夏与金方明白蒙古力量之大，必须共同抵御，方能有幸存之机，然而，为时已晚，因为这时候两国已是奄奄一息了。

乾定三年（1226）春二月，蒙古军分两路进侵西夏，其中漠北南下一路还是由成吉思汗亲自率领。[①] 五月，“屠肃州”，“上皇”李遵顼亦在此时逝世。七月，攻破西凉府（今甘肃武威）。李德旺忧惧而死，由其侄儿南平王李睍继任。八月，蒙军连陷应理（今宁夏中卫）等县。十月，破夏州。十一月，攻下灵州，兵围西夏首都中兴府，“故太子德任死之”。十二月，进攻盐州川，“大杀居民”。

宝义元年（1227）一月，成吉思汗留部分兵马攻城，自己则率军南下。二月，攻占积石州（今青海德县境）。三月，破沙州。闰五月，蒙古“遣使谕降”。六月，成吉思汗“自龙德州避暑六盘山”，不久病逝。蒙古军秘不发丧，以免影响战事。六月，蒙古兵围中兴府已半年，“城中食尽，兵民皆病”，李睍亲率文官武将“奉图籍出降”。

---

① 《西夏书事》卷四十二记载：“宝庆二年、夏乾定三年春二月，蒙古攻黑水城，破之。蒙古主积怒夏国，亲将兵十万来攻，至秦川，德旺遣人撤桥梁拒之。蒙古宣抚使王楫夜督士卒运木石，比晓，桥成。遂进兵，度沙碛，入河西，击散撒里特勒赤闵诸部，攻黑水城，破之。蕃部死者数万。”

同年七月，拖雷按照成吉思汗的遗嘱，往萨里川杀李睍。蒙军攻破中兴府后，迅即屠杀士民，都内宫室、陵园被大肆破坏。

西夏自李元昊立国（1038），凡一百八十九年。

第五章
几股湘江龙骨瘦[①]：女真完颜阿骨打

萧峰一声断喝，双掌齐出，啪一声闷响，霹在猛虎的肚腹之上。虎腹是柔软之处，这一招“排云双掌”正是萧峰的得意功夫，那大虫登时五脏碎裂，在地下翻滚一会，倒在雪中死了……那猎人侧身避开，铁叉横戳，噗的一声，刺入猛虎的头颈，双手往上一抬，那猛虎惨号一声中，翻倒在地。那人双臂使力，将猛虎牢牢地钉在雪地之中……那人大喜，指指自己鼻尖，说道：“完颜阿骨打！”萧峰料想这是他的姓名，便也指指自己的鼻尖，道：“萧峰。”那人道：“萧峰？契丹？”萧峰点点头，道：“契丹！你？”伸手指着他询问。那人道：“完颜阿骨打！女真！”萧峰素闻辽国之东、高丽之北有个部族，名叫女真，族人勇悍善战，原来这完颜阿骨打便是女真人。

——《天龙八部》

在《天龙八部》中，萧峰与完颜阿骨打在长白山因共搏双虎而相识。这个完颜阿骨打就是金国的开创者。在金庸小说

① 摘自金章宗完颜璟的一首题扇词《蝶恋花·聚骨扇》。

中，金国的主要演出场地是《射雕英雄传》，而其主要人物完颜洪烈也正是导致郭靖、杨康二人决裂的重要肇因。

第一节　女真之崛起

金国是接续辽朝称霸东北的少数民族政权。经过百年和平，契丹人尚武之风大不如前，加上其政局不稳，女真人乘势在东北崛起。

按今日可见的汉文文献记载，女真应是周秦时期世居于“白山黑水”（长白山、黑龙江一带）的肃慎之后。肃慎是译名，在北魏时期译作勿吉，隋唐时期译作靺鞨。靺鞨有七个部落，分别是粟末靺鞨（与古高丽相接）、伯咄部（在粟末部之北）、安车骨部（在伯咄东北）、拂涅部（在伯咄东）、号室部（在拂涅东）、黑水部（在安车骨西北）、白山部（在粟末东南）；其中，黑水部以“善射猎”闻名。[①] 到了五代时期，契丹人称黑水靺鞨为女真，从此，黑水靺鞨就被视为女真人的第一代祖先。[②]

据《金史》记载，五代时期契丹人攻取渤海国，尽取其地，而原先臣附于渤海国的黑水靺鞨亦转而附属于契丹。南部

---

① 《新唐书·靺鞨传》称靺鞨“为数十部，酋各自治”。而黑水靺鞨的经济以狩猎、畜牧和农业为主，“善射猎”。

② 《金史·太祖本纪》记载：“金之先，出靺鞨氏。靺鞨本号勿吉。勿吉，古肃慎地也。元魏时，勿吉有七部：曰粟末部、曰伯咄部、曰安车骨部、曰拂涅部、曰号室部、曰黑水部、曰白山部。隋称靺鞨，而七部并同。唐初，有黑水靺鞨、粟末靺鞨，其五部无闻。”

归附契丹籍者，称为“熟女真”；北部不属契丹者，称为“生女真”。这群“生女真”的居住地就是肃慎的原居地“白山黑水”。“白山黑水”苦寒的自然环境养成了女真人金石一般的坚强意志。据《大金国志·初兴风土》记载：“（女真人）俗勇悍，喜战斗，耐饥渴苦辛，善骑，上下崖壁如飞，济江河不用舟楫，浮马而渡。”这种勇悍、拼命的族群特质，正是日后金兵能驰骋中原不可或缺的条件。

女真立国之前，它的社会组织已有别于一般少数民族，颇具国家制度。《金史·百官志》记载：“金自景祖始建官属，统诸部以专征伐，嶷然自为一国。其官长皆称曰勃极烈（女真语，意若“大人”“长官”，与后来满语“贝勒”是同音异字[①])[②]，故太祖（完颜阿骨打）以都勃极烈嗣位，太宗以谙版勃极烈居守。景祖，即完颜乌古乃，是金国开国君主完颜阿骨打的祖父。他是“生女真”完颜部的酋长，在任期间平定了女真诸部，奠定了女真后来立国的基础。这制度和任命，除了是女真内部的共识外，也获得当时草原上的霸主——辽国的认同。完颜乌古乃因为“擒献拔乙门”而获得辽国封为生女真部族节度使。完颜乌古乃成为节度使后，开始建立自家的体制与纲纪，这比一般部落显然是进步很多。

---

① 女真语属于阿勒泰语系通古斯语族，是满语的“祖语”，它的语音与满语有不少相同之处，而词汇更是大同小异，其句法结构也基本一致。

② 周惠泉：《有金一代：辉煌的历史与灿烂的文化》，《江苏大学学报（社会科学版）》，第 12 卷第 2 期（2010 年 3 月），第 31—42 页。

作为“都勃极烈”，完颜阿骨打①合理地继承部落领袖的责任。《金史·太祖本纪》说完颜阿骨打“幼时与群儿戏，力兼数辈，举止端重，世祖尤爱之”，小时候就已“好弓矢”，十分“善射”，其所射之箭除了比常人要远，还极准，完全是女真人“善射猎”的写照。完颜阿骨打不单拥有武力，更是一个稳重的人，这可谓具备了领袖的必要条件。

小时候笔者读过一篇课文，叫做《伤仲永》，知道“小时了了，大未必佳”，然而完颜阿骨打成人后，却一如所有的开国君主一样，拥有非凡的长相和人格魅力。《三朝北盟会编》卷三记载，他成年以后，“身长八尺，状貌雄伟，沉默寡言笑，顾视不常，而有大志”。这里的“八尺”并不是现代的标准，完颜阿骨打大概就是现代人的一百八十四厘米，算是很高大了。除了外表雄伟，完颜阿骨打更是一个沉稳且胸怀大志之人，这与《天龙八部》所描述的所差无几。

作为边陲少数民族，辽朝深知边境部落强大带来的危险，可是由于举国都在享受着和平带来的宁静，所以不知道什么是养虎为患。于是，辽国之于女真，除了苛索，还是苛索——辽国在宁江州（今吉林松原市东石头城子）设有榷场（即市场），利用自身的权力，常常欺压女真人，即《契丹国志》所谓“州人低其值，且拘辱之，谓‘打女真’”。此外，辽主更常苛索女真人每年要以北珠、貂皮、良犬和海东青为贡品。这海东青，即是现代所谓矛隼，是狩猎的最佳帮手。传说女真人

① 金太祖完颜阿骨打，汉名完颜旻。女真族完颜部酋长乌古乃之孙、劾里钵次子。

善于训练海东青捕捉天鹅，因天鹅捕食海蚌，从它身上就可以间接取得北珠。辽国深知北珠在与宋朝互市时可以卖得极高价钱，所以常常逼迫金人以海东青为贡品。可是，海东青不仅极难捕获，而且驯养不易，所以女真人常常因没法献贡而被辱。

贡品，是身外之物，尚且可以忍让，但是近乎掠夺的“选秀”，则是女真人无法容忍之事。这里所谓“选秀”，其实只是客气的说法，事实上这根本是“强抢民女”。辽国经常会派出使者到女真，是为“银牌天使”。“天使”甫至境内，即要女真人奉上女子陪伴夜宿。有时女真人安排不上，“天使”便会仗着辽国威势，自行“挑选”美女，无论是否已经婚嫁，都会强行要求伴宿。这对女真男人来说，无疑是极大的侮辱。于是，“诸部皆怨叛，潜附阿骨打，咸欲称兵以拒之”①

面对族群的荣辱、部落的生死，完颜阿骨打决定跟辽国好好干上一场。首先，他利用强大的军事力量、个人的威望，统一了邻近女真诸部，通过兼并不断壮大自己的力量。接着，就是迅速进行战争，“使备冲要，建城堡，修戎器”。②

第二节　惟金不变，以金破铁

《金史·太祖本纪》说：“辽以宾铁为号，取其坚也。宾铁虽坚，终亦变坏，惟金不变不坏。金之色白，完颜部色尚白。”契丹原来的意思是“镔铁”（即宾铁）；这句话原是出自

① 《三朝北盟会编》卷三。

② 《金史·太祖本纪》。

完颜阿骨打，他的意思是“镔铁”虽然坚硬，但只有“白金”不会败坏，加上完颜部的主色就是白色，所以他选择了“金”作为国号，决意要破辽自立。

“白金破镔铁”，这是后话了，我们还是把时钟指针拨前一点，看看天庆四年（1114）所发生的事情。

这年九月的深秋时节，完颜阿骨打终于起兵反辽了。他召集各部落人马共二千五百人，齐集在来流水得胜陀（今吉林省扶余县徐家店乡石碑崴子村）举行誓师大会，将辽朝的罪名申告于天地：“世事辽国，恪修职贡，定乌春、窝谋罕之乱，破萧海里之众，有功不省，而侵侮是加。罪人阿疏，屡请不遣。今将问罪于辽，天地其鉴佑之。”把辽国有功不赏、有罪不惩的罪行既申告于上苍，也昭告于世人，为自己起兵一事先占了“道德高地”。他要求诸将立誓，承诺同心合力，有功者赏，有罪者惩，统一了各部将领的心志，提升了他们的士气。

完颜阿骨打的第一个目标，就是位于最前线的宁江州（治所在混同县，即今吉林省松原市东石头城子）。这是辽国控制女真人的前哨军事重地，他知道此时天祚帝正沉醉于他最爱的畋猎之中，对他们的行动可谓不闻不问，而且辽朝边将对女真一向十分轻视。因此，他决定以迅雷不及掩耳之势，火速攻下宁江州。

此时，手上只有二千五百兵马的完颜阿骨打心里惴惴不安，毕竟辽国是横行北方逾百年的王者，再怎样不济，也不可能轻易被击倒。所以，他必须小心行事，好好利用辽国“轻敌”的心理，用雷霆万钧的一击，先发制人。

或许世间真的有所谓“天命”，而完颜阿骨打正是所谓“天命之人”，所以这场“初战”顺利得让人不敢相信。当时天祚帝正在享受他的“假期”，得知女真起兵叛乱的消息，他并没有太大的反应，只是派遣海州刺史高仙寿统领渤海军应战。步步为营的完颜阿骨打看到辽国大军来援，知道不能力敌，只可智取。所以，他命令部下佯退，一路引诱骄纵的辽军追击，企图拖长战线，以打乱其阵势。果然，这战术十分奏效，他乘辽将耶律谢十阵前坠马，趁势回师掩杀，彻底击溃高仙寿的大军。

《左传 · 庄公十年》说打仗要“一鼓作气，再而衰，三而竭”。既然“初战”首尝胜利，完颜阿骨打自然不会不加以利用。他昭告众将，“一战而胜，遂称大号，何示人浅也”，以立国激励众人死战。一如所料，在极其高昂的士气鼓励下，女真“诸军填堑攻城”，宁江州守将只好弃城而逃。

宁江州大捷后，完颜阿骨打并没有放慢他的进攻步伐。他深知人类趋利避害的心理，所以暗中放回在宁江州俘获的防御使大药师奴，命他招谕辽人降顺。① 同时，他又派完颜娄室游说归附辽国的渤海女真，回归自己的阵营。② 他这招十分高明，一方面避免了与辽军过早正面交锋；另一方面，既损害了辽军，也大大地补充了女真的力量。

---

① 《金史 · 太祖本纪》记载：“十月朔，克其城，获防御使大药师奴，阴纵之，使招谕辽人。”

② 《金史 · 太祖本纪》记载：“召渤海梁福、斡答剌使之伪亡去，招谕其乡人曰：‘女直、渤海本同一家，我兴师伐罪，不滥及无辜也。’使完颜娄室招谕系辽籍女直。”

未几，在神明的示警下，女真再次在出河店（今黑龙江肇源西南）大败辽军。[①] 辽人曾说过，不能让女真拥有一万兵马，否则他们是不可击破的。至此，女真甲兵终于“满万”了。[②]

出河店大捷后，又迎来宾州、祥州、咸州的大胜。接连的捷报，不单大大鼓舞了女真部队的士气，而且更让完颜阿骨打相信辽国并非不可战胜。

天庆五年（1115），完颜阿骨打实践他的战时诺言，“即皇帝位”，定国号“大金”，改元“收国”，并立下“以金破铁”的目标。

第三节　灭辽之路

完颜阿骨打还没享受几天的“帝皇之乐”，就匆匆牵来战马，披甲讨辽了。他第一个目标是邻近的黄龙府（今吉林长春市农安县县城）。没错，这就是后来岳飞豪言要“直捣黄龙府”[③] 的那个地方，也就是金国的“龙兴之地”。

黄龙府对辽国来说，也有非凡的意义。据《辽史·太祖本纪》记载，辽太祖龙驭宾天前一夜，有黄龙在扶余府子城

---

① 《金史·太祖本纪》记载：“未至鸭子河，既夜，太祖方就枕，若有扶其首者三，寤而起，曰：‘神明警我也！’即鸣鼓举燧而行。”

② 《金史·太祖本纪》记载：“辽人尝言女直兵若满万则不可敌，至是始满万云。”

③ 《金佗稡编》卷八记载：“今次杀敌人，直到黄龙府，当与诸君痛饮。”

上缭绕，长达一里，“光耀夺目，入于行宫”。翌日，辽太祖宾天，而其宾天之行宫正是此子城，故此日后辽人改扶余府为黄龙府。因此，这次完颜阿骨打兵犯黄龙，天祚帝也不敢太过轻慢其事，派遣都统耶律讹里朵、左副统萧乙薛、右副统耶律张奴、都监萧谢佛留，率兵二十万赶赴黄龙，而且还派“步卒七万戍边”。大家一定感到很奇怪，为什么《金史》要刻意突出这七万名步卒？事实上，这七万名步卒除了武器外，还配备了农具，他们的主要工作其实是屯田。屯田早见于西汉，汉武帝派兵在西域边防既戍卫也垦耕，目的是要让边卒能自给自足，以收长期戍卫之效。按此思路去推测，估计辽主大概认为女真是可以驱逐而不可以歼灭，这也从侧面说明了完颜阿骨打兵势之强。

面对女真士气高昂的部队，辽朝更希望用议和解决兵刃问题，可惜因为名位问题，议和很快就失败了。辽国主动议和的举动，其实也给予了金人更大的信心。因为就兵力而言，二十七万辽兵对上最多二万的金兵，辽国却急于议和，这说明了什么？辽国并不想打仗！士气之低，不言而喻。后来，完颜阿骨打在攻打达鲁古城时，看到辽兵多得像“连云灌木状”，也发豪情壮言：“辽兵心贰而情怯。虽多不足畏!”“离心离德”“胆怯畏战”，完颜阿骨打一语道破了辽兵的最大弱点。

只用了一日一夜，金兵已击溃辽兵，用摧枯拉朽来形容，实不为过。草原民族的战利品，除了牛羊、财帛，更重要的是人口。这既是兵力的来源，也等同国家的经济能力。而且，在这次大捷中，完颜阿骨打更夺得大量农具。人口加农具，奠定了日后金朝迅速崛起的经济基础。

辽金的国力，毕竟相去甚远，所以完颜阿骨打每一步都要走得稳妥，否则好不容易得来的胜果也要回吐出来。攻破达鲁古城后，完颜阿骨打并没有直接攻打黄龙府主城，反而采取扫荡手法，把府城西北的诸城全部攻下，目的是要拔掉黄龙府的援军，断了城内守将的生机，再率军包围黄龙府。八月，他亲率大军总攻黄龙府；九月，金兵攻克黄龙府。

辽国失却了这个军事重镇，天祚帝终于知道什么是“恐惧”了。同年十一月，他决定御驾亲征，亲率七十万大军，企图用压倒性的兵力，一举把这个新兴政权消灭于萌芽阶段。[①] 天祚帝命萧胡笃为先锋都统，耶律章奴为都监。当大军渡过鸭子河之后，耶律章奴与魏国王耶律淳的妻兄萧敌里及其甥萧延留等人，密谋废掉天祚帝，改立耶律淳。[②] 天祚帝得知后方发生叛乱，只好撤军西还。然而，这偌大的军阵，并不是说东进就东进，说西还就西还，这撤退的指令显然为完颜阿骨打缔造了一个可乘之机。[③]

完颜阿骨打闻讯后，凭着天生的猎人嗅觉，知道这是天赐

① 《金史·太祖本纪》记载：“十一月，辽主闻取黄龙府，大惧，自将七十万至驼门。驸马萧特末、林牙萧查剌等骑五万、步四十万至斡邻泺。上自将御之。”

② 《辽史·耶律章奴传》记载：“及天祚亲征女直，萧胡笃为先锋都统，章奴为都监。大军渡鸭子河，章奴与魏国王淳妻兄萧敌里及其甥萧延留等谋立淳，诱将座三百余人亡归。”

③ 《金史·太祖本纪》记载：“知辽主以张奴叛，西还二日矣。是日，上还至熟结泺，有光见于予端。戊申，诸将曰：‘今辽主既还，可乘怠追击之。’”

良机，于是马上率兵紧追不舍。他终于在护步答冈（今黑龙江五常市西）追上了辽军。面对这三十五倍于己方的军力，他并不担心，他对着自己的两万人马说道：“敌人人数众多，而我军兵力极少，所以我们只有集中兵力，盯着辽国中军猛打，天祚帝一定藏在那里。只要击败辽主，我们就可以获得胜利！”① 他定下了战略，鼓舞了士气，便派出右翼军队作战。待辽军的注意力被右翼吸引的时候，他马上调动左翼军队，从战场的左方，也即辽军的背后（因为辽军被金国的右翼军吸引了注意力，全军调头向右，所以左方成了后背）攻入。金兵人数虽少，但全是骑兵，而且人人皆弓马娴熟，能以一当百，所以此时的左翼军就像一把小尖刀，从战场的左侧，一路刺穿至右侧。只是一阵子的工夫，辽军军阵已彻底溃散。大家都听过淝水之战，知道军阵一散，基本上是无法控制了，败阵已成定局。②

这场战斗绝对是以少胜多的经典战例。完颜阿骨打只用了两万人马，就击溃了天祚帝七十万兵马，是一场一比三十五的战役。辽兵的尸骸铺在地上，可达百余里。战后，金兵虏获舆辇、銮幄、兵械、战马不可胜计。

宛若天神一般的完颜阿骨打，成为辽兵的梦魇，是一个不可战胜的神话。

---

① 《金史·太祖本纪》记载：“上曰：‘彼众我寡，兵不可分。视其中军最坚，辽主必在焉。败其中军，可以得志。’”

② 《金史·太祖本纪》记载：“使右翼先战。兵数交，左翼合而攻之。辽兵大溃，我师驰之，横出其中。”

收国二年（1116），金国立国的第二年，其东路军占领辽国五京之一的东京辽阳府（今辽宁辽阳市）。

天辅四年（1120）四月，完颜阿骨打率军攻打辽国，并命前来议盟的宋使赵良嗣随行。完颜阿骨打此举明显是要让宋朝知道金朝的实力，意欲在“海上之盟”中攫取更多的好处。五月，金兵至辽国上京临潢府（今内蒙古赤峰市巴林左旗林东镇南郊），完颜阿骨打命令赵良嗣前来，告诉他说：“待会你留心看着我用兵，然后再想想是否要与我大金国缔结盟约。”说罢，完颜阿骨打亲临城下，督促将士死命攻城。① 连皇帝都身先士卒，金兵上下哪里不拼死相搏。于是只用了一个早上的时间，金兵便攻下了临潢府。而看到金兵如此威势，本来首鼠两端的赵良嗣自然明白金兵根本不需要宋朝的力量，也能一举灭辽。于是，宋金之间的“海上之盟”也订下来，而北宋灭亡之路也随即铺开了。

接着，金朝的东路军攻下辽国中京大定府（辽朝最大的陪都，地近中原，位于今内蒙古赤峰市宁城县天义镇以西约十五公里的铁匠营子乡和大明镇之间的老哈河北岸），天祚帝逃亡大漠。同时，西路军也攻下西京大同府（今山西大同）。而原先议定由宋朝攻打的南京析津府（又名燕京，位于今北京西南），最后也要由金兵帮忙攻下。五京陷落，帝主逃亡，辽国也名存实亡了。

天会元年（1123）八月，完颜阿骨打在仍未成功捕捉天

---

① 《金史·太祖本纪》记载：“上谓习泥烈、赵良嗣等曰：‘汝可观吾用兵，以卜去就。’上亲临城，督将士诸军鼓噪而进。”

祚帝的遗憾下，于堵泺西行宫病逝，享年五十六岁。两年之后，天祚帝在应州新城（今山西怀仁县西）东六十里处，被金将完颜娄室擒获，降封为海滨王，辽朝至此宣告灭亡。

第四节　入主中原

中原在概念上，一般是指河南、山东的西部和河北、山西南部的地区——是从周到北宋一系列大一统皇朝的政治核心。天会三年（1125）十月，距离完颜阿骨打立国只有短短十年，金国食髓知味，开始觊觎中原了。这一年，金朝第二代皇帝、完颜阿骨打的四弟、金太宗完颜晟以宋朝收留叛将张觉为由，派完颜宗望、完颜宗翰，分兵东西二路，夹击汴京。

金兵势如破竹，东路军完颜宗望火速抵达汴京城下。可是，汴京守将李纲誓死作战，加上宋将种师道正率领号称百万兵马来援，所以完颜宗望果断地与宋朝议和。金朝第一次入主中原的计划因此失败。

天会四年（1126）八月，完颜晟以“耶律余睹蜡丸”① 事件为由，再次南侵中原。这一次战事十分顺利，金国俘虏了宋朝徽钦二帝北归，史称靖康之难，北宋灭亡，中原易主。

收国元年（1115），完颜阿骨打“即皇帝位”，金国建立；

---

① 耶律余睹，原为辽朝大臣，后来引左右叛入金国。靖康元年（即金天会四年，1126 年），原为辽臣的萧仲恭出使宋朝，宋钦宗让萧仲恭带蜡丸见耶律余睹，意图策反其起兵，然而萧仲恭表面答应，回金国后却将蜡丸献给完颜宗望，计划宣告失败，也成为金出兵侵宋的理由。

十年后，金朝虏获天祚帝；天会五年（1127），金国破宋都汴京；翌年，金太宗下诏废宋徽宗、宋钦宗二帝，贬为庶人，北宋宣告灭亡。这是一个何其惊人的速度！

女真完颜部从部落联盟到建立金国，用了几十年时间，大约只是三代人的努力。然后，金国在历史进程中飞快运行，从完颜阿骨打兴兵反辽到南下汴梁，由崛起于荒凉无垠的“白山黑水”到占据钟灵毓秀的北宋汴京，金国只用了十二年时间。

第五节　余论：完颜璟的《蝶恋花·聚骨扇》

本章题目“几股湘江龙骨瘦”，出自金国第六代皇帝金章宗完颜璟的一首小词——《蝶恋花·聚骨扇》：

> 几股湘江龙骨瘦，
> 巧样翻腾，叠作湘波皱。
> 金缕小钿花草斗，
> 翠条更结同心扣。
> 金殿珠帘闲永昼，
> 一握清风，暂喜怀中透。
> 忽听传宣颁急奏，
> 轻轻褪入香罗袖。

这是一首“咏物词”，而题咏对象是一把“聚骨扇”，也就是我们常见的“折叠扇”。词牌名“蝶恋花”，原来是唐朝教坊的名曲，后成为五代以后文人常用的词牌。此词牌风格偏向婉约，在完颜璟以前，张先、晏殊、柳永和欧阳修等各式词人都填写过。

一个金国皇帝，竟然会填写汉人小词，而且还是偏向柔弱之风，这应该让不少读者感到很新奇吧！事实上，完颜璟向以雅好儒学见称。并且，他的文学成就更让后世不少文学家钦佩，像著名的词学家吴梅就说："章宗颖悟，亦多题咏。聚骨扇词，一时绝唱……虽为赋物，而雅炼不苟，自来宸翰，率多俚鄙，似此寡矣。"据《金史·章宗本纪》赞曰："章宗在位二十年，承世宗治平日久，宇内小康，乃正礼乐，修刑法，定官制，典章文物粲然成一代治规。"在完颜璟的带动下，金国文风大振。而且在他的统治下，金国也步入小康。

所谓盛极必衰，完颜璟死后，由于他的六个儿子都在幼年夭折，所以李元妃只好立其叔父卫绍王完颜永济为帝。不说不知，《射雕英雄传》中的赵王完颜洪烈的原型完颜忒邻就是完颜璟的第六个儿子。完颜永济继位时，成吉思汗已统一大漠，建立了蒙古国。在这个新近崛起的强大外族的环伺下，金国的衰亡似乎已是注定的事。

第六章
靖康耻，犹未雪：郭靖与杨康

丘处机微一沉吟，说道："郭大哥的孩子就叫郭靖，杨二哥的孩子叫杨康，不论男女，都可用这两个名字。"郭啸天道："好，道长的意思是叫他们不忘靖康之耻、要记得二帝被掳之辱。"

——《射雕英雄传》

丘处机与郭啸天、杨铁心说这番说话时，正是庆元五年(1199)。[①] 这一年，距离靖康之难已有七十三年，但人们还没有忘记当日的耻辱，提及金人时，还是咬牙切齿。

第一节 "海上之盟"

宋自立国开始，二十多年来，跟辽的关系如水火一般，互不相容。至景德元年（1004）十二月宋辽签订和约，史称"澶渊之盟"。按照和约，辽宋约为兄弟之国，宋每年送给辽

① 《射雕英雄传》中，张十五跟郭、杨二人说："光宗传到当今天子庆元皇帝手里，他在临安已坐了五年龙廷，用的是这位韩侂胄韩宰相。"

岁币银十万两、绢二十万匹，并以白沟河为边界。自此，宋辽结束了长达二十五年的战争，开始了两国百年和平的历史。

宋辽所谓和平，从来都只是“口和心不和”。政和元年（1111），辽人马植（马后来获徽宗赐姓赵，更名为赵良嗣）在童贯的帮助下，向宋徽宗上书联金灭辽之策。宋金经过多次的接触，于宣和二年（1120），赵良嗣由登州（今山东半岛一带）往使，与金签订“海上之盟”（宋金之间的陆路被辽国阻隔，两国要绕道渤海往来谈判，故称“海上之盟”）。

据《三朝北盟会编》卷四记载，宋徽宗御笔亲书，要求收回“据燕京并所管州城”，并答应金国“将自来与契丹银绢转交”。其实，“海上之盟”只是另一桩以岁币换和平的条约，不过是对象由辽换为金。而且，收回的土地也不过是燕云十六州的一小部分，利益并不大。故此，宋朝并不是所有人都欢迎这条约。如太宰郑居中就很反对这份条约，他指出“冒然毁约，恐招致天怒人怨”。而宋朝君臣，也是拿不定主意。据《三朝北盟会编》卷五记载，宋徽宗在宣和三年（1121）金使来时，“深悔前举，意欲罢结约”，可见这条约对宋来说，吸引力也不是很大。

除宋人外，像高丽等外国也不看好这一纸条约。《宋史·外国传三》记载，高丽国王王楷知悉“海上之盟”后，即遣使奉劝宋朝不要轻举妄动。他说：“辽兄弟之国，存之足为边捍。女真狼虎耳，不可交也。”他指出宋辽有“澶渊之盟”羁绊，是为兄弟之国，有辽国处于宋金之间，正好充当屏障；反观女真（金国）如同虎狼，绝不可以轻易相信。可惜的是，使者不及盟约快，高丽使者未至，盟约已经签订了。[①]

事情发展一如高丽国王所料，金国迅速成为宋朝的梦魇。

第二节　联金灭辽

宋金联兵灭辽的盟约终究还是缔结了，宋朝依约出兵燕云。此时，辽国在金国的步步进逼下，已经奄奄一息，北宋上下也以为收复燕云，指日可待。于是，宋徽宗士气高昂地派出数十万大军，两次攻打辽国南京幽州（今北京）。可是，事不如人意，又或者宋军根本就是外强中干。

《三朝北盟会编》卷五记载，宣和四年（1122）三月某日，代州奏得金人边牒，内容是："近白水泊击散契丹放鹅行帐，天祚皇帝脱身北走，本国军马已到山后。"可见辽国被金国灭亡只是时间的问题。

宋朝眼前的辽国正是百年未见之弱，憋了多年的北宋君臣，自然是摩拳擦掌，大有"追打落水狗"的心态。于是，

---

① 《宋史·外国传三》记载："宣和四年，俣卒。初，高丽俗兄终弟及，至是诸弟争立，其相李资深立俣子楷。来告哀，诏给事中路允迪、中书舍人傅墨卿奠慰。俣之在位也，求医于朝，诏使二医往，留二年而归，楷语之曰：'闻朝廷将用兵伐辽。辽兄弟之国，存之足为边捍。女真狼虎耳，不可交也。业已然，愿二医归报天子，宜早为备。'归奏其言，已无及矣。"

而钦宗即位，更有朝臣怀疑高丽人的居心。《宋史·外国传三》："钦宗立，贺使至明州，御史胡舜陟言：'高丽靡敝国家五十年，政和以来，人使岁至，淮、浙之间苦之。彼昔臣事契丹，今必事金国，安知不窥我虚实以报，宜止勿使来。'乃诏留馆于明而纳其贽币。明年始归国。"

宋徽宗“命童贯为河北、河东路宣抚使，屯兵于边以应之，且招谕幽、燕”。[①]

说到童贯，相信大家都不会陌生。他是引荐辽人马植的那个宦官，也是《水浒传》里面的那个枢密使。在小说中，他带领八十万大军攻打梁山泊，却中了“好汉”们的十面埋伏，被杀得只身逃回汴京。历史上的童贯善于媚上，因助蔡京为相，所以获蔡京之助，得以领枢密院事，掌控宋朝军事大权二十年。当时童贯“名满天下”，百姓将他与蔡京、王黼、梁师成、朱勔、李彦五人并列，号为“六贼”[②]，恶名自然昭彰。

当童贯准备建一番丰功伟业的时候，上天却狠狠地给了他一个警告——《三朝北盟会编》卷七引《北征纪实》说：“是岁（宣和四年）夏四月十五日，童贯始以河北河东燕山诸路宣抚使出师，是日，白虹贯日，人人骇异，出门而牙旗竿折。”“白虹贯日”，即白色长虹贯穿太阳，古人认为这是主天下将有异动，是人主遇害的兆象，当年大刺客聂政刺杀韩傀时就出现过；[③]“牙旗竿折”就是主将牙旗折断，主大军出师不利。上天示警，军心也随之动摇，童贯只好虚应一下，过一个月再出师。到了五月十八日，再出师，这次上天没有反应，但

---

① 《三朝北盟会编》卷五收录了这份诏书。

② 《宋史·忠义传》记载：“（陈东）率其徒伏阙上书，论：‘今日之事，蔡京坏乱于前，梁师成阴谋于后。李彦结怨于西北，朱勔结怨于东南，王黼、童贯又结怨于辽、金，创开边隙。宜诛六贼，传首四方，以谢天下。’”

③ 《战国策·魏策四》记载：“夫专诸之刺王僚也，彗星袭月；聂政之刺韩傀也，白虹贯日；要离之刺庆忌也，苍鹰击于殿上。”

军中却有不祥之兆——“为执旗兵逃去，而二认旗遂皆失之，识者以为不祥”[1]，将旗再次失去，又是不祥之兆，于是童贯只好再度延期出兵。

天兆、人事都给了警告，但童贯还是一意孤行，于是上天只好再次示意。五月的数个晚上，都有大量流星出现，“光如匹练，每夕自初夜，动数十流，至夜半方渐疏”。然而，远在禁宫之中的宋徽宗却一无所知，因为“太史皆屏不奏”，太史都不奏报皇帝。[2]

童贯利欲熏心，加上当时辽国的弱势太过迷人，北宋大军还是出兵雄州。上天有好生之德，它也真的对大宋尽了力了——雄州（今河北雄县境内）竟忽发地震！一而再，再而三，诸种异象都出现了，北宋还是一意孤行。结果显而易见——一连串的败仗！“辽人击败前军统制杨可世于兰沟甸”，“杨可世与辽将萧乾战于白沟，败绩”，“辛兴宗败于范村”，最后，连名震天下的“老种经略相公”种师道也只好“退保

---

① 《三朝北盟会编》卷七引《北征纪实》记载：“五月十八日，伯氏再出师，有少保、节度使、宣抚副使二认旗从于后，次日，为执旗兵逃去，而二认旗遂皆失之，识者以为不祥。”

② 《三朝北盟会编》卷七引《北征纪实》记载：“又出师后，夏五月以戊寅、己卯、庚辰，连数夕，有大流星若盂椀，自紫微文昌间出不一，或犯天津、河鼓等，越天汉、牛女间亦不一所，皆南向而奔曳，光如匹练，每夕自初夜，动数十流，至夜半方渐疏，至是十余夕，犹或南流不已，其占惧如西晋象实，令人忧疑，然太史皆屏不奏。”

雄州，辽人追击至城下”。[①] 到了这个时候，宋徽宗终于知道惊惧了，于是下诏班师回朝，而残局就交由金人收拾。

第三节　第一次汴京之围

这一场联金灭辽的战役终于以金大胜、宋大败告终。由此，金国彻底地了解到宋朝的无能（其实金军在当时战力最强，因为西夏也曾出兵助辽，但还是无补于事），宋朝也彻底地明白自己除了“有钱”，什么都没有了。于是，金国上下弥漫着轻视宋朝的气氛，而宋朝也只是想以钱赎回燕京。

宣和五年（1123），宋朝在答应岁币以外，加付一百万贯钱“代税钱”，赎回燕京及所属九州中的西部六州，然而这些城池早已被金国掏空了，人口也迁移了，余下的只是“城市丘墟、狐狸穴处”，是残破不堪的空城。

宣和六年（1124），刚即位的金太宗（金太祖于前一年病死）还是想遵守“海上之盟”。当时，西南、西北两路都统完颜宗翰、完颜宗望反对，但金太宗回应说：“是违先帝之命也，其速与之。”

金国上下早已不把宋朝放在眼里，出兵宋朝已是朝夕之事，欠缺的只是一个正当理由，而这个理由宋朝君臣也替金国

① 《宋史·徽宗本纪》记载：“童贯至雄州，令都统制种师道等分道进兵。癸未，辽人击败前军统制杨可世于兰沟甸。乙酉，封开府仪同三司、江夏郡王仲爰为嗣濮王。丙戌，虑囚。杨可世与辽将萧乾战于白沟，败绩。丁亥，辛兴宗败于范村。六月己丑，种师道退保雄州，辽人追击至城下。帝闻兵败，惧甚，遂诏班师。”

准备好了。宣和五年（1123）十一月，原为辽国降将的临海军节度使、知平州张觉，叛金降宋，拜泰宁军节度使。这正是违反了宋金盟约中的一条——“无容匿逋逃，诱扰边民”。

既然宋朝毁约，金国也不用担心没有理由。宣和七年（1125）十月，金国以张觉事件为理由，派完颜宗望、完颜宗翰，兵分东西两路，夹击汴京。

西路军由完颜宗翰率领，自大同（今山西大同市）攻太原（今山西太原市），连克朔州、代州、中山后，在太原受阻，未能到达汴京与东路军形成合围之势。东路军由完颜宗望率领，自平州（今河北秦皇岛市卢龙县）攻燕山府（今北京西南）。甫进兵，宋易州（今河北保定市易县）守将韩民毅投降。完颜宗望于白河、古北口连败宋军，宋军守将郭药师投降。后又连破中山府、真定府之宋兵，并攻克信德府（今河北邢台）。金国东路军势如破竹，四个月内渡过黄河，抵达汴京。

早在宣和七年（1125）十二月己未，宋徽宗“下诏罪己”。十二月二十三日庚申，“诏内禅，皇太子即皇帝位”，赵桓走马上任，是为宋钦宗。翌年，改元靖康。①

其后，完颜宗望迅速与宋议和。靖康元年（1126）二月，金人提出以康王赵构（后来的宋高宗）、太宰张邦昌（后来金人所立的伪楚皇帝）为人质，割让太原、中山、河间（今属河北）三镇予金。

事实上，议和并不是因为完颜宗望爱好和平，而是逼不得

① 《宋史·徽宗本纪》。

已。第一，金国西路军受阻于太原，东路军只有约七万兵马，而汴京城内却有约五十万大军（城内原有禁军二十万，临时招募的青壮有十万，陕西援军二十万），兵力过于悬殊。第二，宋军名将种师道率军来援，对外虚张声势，宣传率领百万西兵来救，这给孤军深入的完颜宗望带来极大的心理压力。汴京城城高墙厚，规模极大。据史书载，汴京城有外城、内京和皇城三重，在政和六年（1116）时曾经扩建，周围达五十里一百六十五步。而且外城，有十二门，又以汴渠、惠民、金水、广济四河贯通全城，另设水门九个。外城每百步设马面、战棚等防御设施。完颜宗望当下也只好选择乘势议和，敲诈勒索一番就退兵。

或许读者会问，城池坚固，兵力又有压倒性优势，宋军为什么不出城破围。从数据上，这看来可行，但操作起来，却是不可能的。第一，宋军缺马，步兵守城尚可，在野战上，绝不可能及得上骑兵。第二，金国骑兵守望在外，时机已失。宋军步兵尚未结阵，就已经给金国骑兵冲散。还有一点很重要，五十万大军就需要五十万人的口粮，如此庞大的消耗，令宋朝上下也急于议和。

宋金暂时止息干戈。第一次汴京之围宣告结束。

第四节　第二次汴京之围

第一次汴京之围，在李纲、种师道等的力挽狂澜之下，算是力保宋京。然而，宋朝仍然是以主和派最为势大。在他们心目中，胡人不过是想通过战争，攫取一些财帛而已；加上金人连宋朝百年心腹之患辽国都可以击败，他们更加不敢相信宋能败金。虽然主和派势大，但主战派仍然心有不甘，在金军退兵时，出现了一个小插曲。

当时，种师道、李纲等主战派力主派兵尾随金军，在他们半渡黄河之际截击，试图把金军最精锐的东路军扑杀于南岸，以绝后患。宋钦宗一开始同意半渡而击之计，可是，在吴敏、唐恪、耿南仲等主和派的唆使下，他又否决此案，并派人在黄河边上树立大旗，严令军队不得绕过大旗追赶金军，否则一律处死。

种师道明白黄河是汴京第一道屏障，于是建议戍兵于黄河两岸，以防金人秋天来袭（金人怕热，一般秋天后才进军）。守备黄河绝对是一个好建议。《三朝北盟会编》卷二十七引《南归录》指出，金人要六日才能渡过黄河，连金军将领都说："一二千人守河，吾辈岂能渡哉？"宋钦宗一开始是同意的。不过，他既然是亡国之君，自然拥有亡国之君应有的特质——优柔寡断、朝令夕改。

不久，宋钦宗又被吴敏等主和派劝服，否决了这个战略。他们的理由很简单，因为担心金军不来的话，这笔军费就是白花了。军费不足，可以筹措；国家亡了，什么都不是了。这个时候，唐恪等人还以经济理由遣送一部分西兵回西北复员。西兵是宋军第一次汴京之围的主力军！结果，金军第二次围城时，汴京守军只余下不足七万人。

完颜宗望在这次孤军深入之战中，算是捡回一命。六七万军队，渡河深入宋境，原指望速战速决，一举击破汴京，却遭到宋军的顽强抵抗，随时会有灭顶之灾。加上回师之时，必须再渡黄河，可谓风险极高。靖康元年（1126）八月，金太宗完颜晟以“耶律余睹蜡丸”事件为由，再次派遣东西两路军队南下侵宋。

西路军照旧由完颜宗翰率领，靖康元年（1126）八月庚戌自大同府出兵，迅即破宋军于文水（今属山西），十数日后攻克太原。东路军也是由完颜宗望率领，完颜阇母、完颜昌、刘彦宗等大将俱在，兵力更增至八万人。东路军以摧枯拉朽之势破宋军于雄州、中山，火速攻下新乐，并大败宋军名将种师中（种师道之弟）于井陉，取天威军（今河北井陉县），克真定（今河北正定）。

东西两路金军以不足一个月的时间，扫荡了宋军在黄河北岸的主力。完颜宗望和完颜宗翰汲取了第一次汴京之围的经验教训，决定稍事休息，整饬军队。

一个半月后，东西两路大军再度南下。

完颜宗望率东路军自真定扑向汴京。他只用了二十多日，便顺利攻下临河（今河南浚县东北临河村南）、大名（今属河北）、德清军（今河南清丰）、开德府（今河南濮阳）等，到达汴京城下。一直想“跑赢”完颜宗望的完颜宗翰，也不甘人后，只用了比完颜宗望多一日的时间，连克威胜军（今山西沁县）、隆德府（今山西长治）、西京（今河南洛阳）、永安军（今河南偃师东）、泽州（今山西晋城市）等，成功到达汴京。

这一次金国东西两路兵马终于可以在汴京城下会师。第一次汴京之围，因为缺少了西路军，完颜宗望只能带领东路军集中攻打汴京城西北两角；这一次，不仅多了西路军，东路军的兵力也有所增加，所以能把汴京城的四角都围死。

在东西两军合计超过十五万兵力之后，围城之势已成。反观宋军，在多次裁减兵力之后，只剩下不满七万兵力。本来，只要倚仗着汴京城的防御系统，七万对十五万并不算太吃亏，然而结果却不是这样。

在汲取了第一次汴京之围失败的教训后，完颜宗望和完颜宗翰明显进步了不少。首先，他们虽然仍是“斗快”抢到汴京，但这次更重视两军的步伐，所以没有造成过早或过迟到达，给予宋军逐一击破之机的后果。其次，宋军的主力是西兵，完颜宗翰早已意识到此点，所以派出五万军队紧紧封锁住潼关，一方面阻挡西兵来援，另一方面也截断了宋朝皇帝西入川蜀之路。这时候，“关门打狗”之势已成。至于宋朝其他勤王军队，金军并不放在眼里，因为他们都是仓促被拉来参军。在金国虎狼之师的冲击下，他们只能在汴京周围驻扎，不会构成太大威胁。

不过，汴京城始终不是辽国五京之流可比，金人就算祭上全部十五万兵力，想攻下汴京城也不是容易的事。故此，金国东西路两军并不想强攻汴京，他们只是想围住，使它成为一座孤城。

在西兵不能东进、其他勤王军队不能指望的情况下，汴京城的君臣动摇了。他们似乎已认定金兵不可能击败，只有天降神兵才有一线生机。靖康元年（1126）十一月二十六日，殿前指挥使王宗濋荐拱圣副都头郭京。这个郭京，本来只是无名小卒，但他自称会“六甲法”和“可以掷豆为兵，且能隐形”，只需要用“七千七百七十七”六甲正兵，就可以破敌。

如此无稽之谈，竟然得到诸大臣相信，授予官职，并赐以金帛数万。[①] 结果，不用分说，大家都知是失败收场。所谓“国家将兴，必有祯祥；国家将亡，必有妖孽”，郭京之流不过是说明了北宋君臣已无计可施，也预示了北宋的灭亡。

《三朝北盟会编》卷六十九记载：“靖康元年闰十一月二十五日丙辰郭京以兵出宣化门，败绩，金人登城，京师失守。”郭京隐隐然是北宋君臣的最后希望，随着他必然的失败，汴梁城也宣告失守。靖康元年（1126）十二月一日，金人索要宋国降表。十二月二日，“驾在青城，奉表于金人”，宋徽宗、宋钦宗投降了。靖康二年（1127）二月丙寅日，金太宗下诏废宋徽宗、宋钦宗二帝，贬为庶人，二人被当众脱下龙袍，极尽羞辱。五月庚寅朔，“康王即位于南京，遥上尊号曰孝慈渊圣皇帝”，是为宋高宗。

---

① 《三朝北盟会编》卷六十五记载：“郭京言可以掷豆为兵，且能隐形，今用六甲正兵，得七千七百七十七人，可以破敌，临敌正兵不动，神兵为用，所向无前。殿帅王宗濋骄慢无识，闻而异之，荐京可以成大功，是时，唐恪为宰相，见京，面折之曰：‘老兵儿戏！果能了否？’京不能答，群臣议论不一，数日，恪罢，用何为宰相，与孙傅诸大臣亦幸其术之可用，乃以钱绢数万，令京自招兵于市，旬日之间数足，皆游手不逞之徒，京自副都头授武略大夫、兖州刺史，统制六甲正兵，屯于天清寺，以‘六甲正兵’标于大旗。有薄坚者，能杆棒，在街市作场，京取以为教头，京城居人不论贵贱老幼，无不喜跃，皆以天降神人，佑助灭寇，惟有识者哂之，为之寒心。又有还俗僧傅政临者，谓之‘傅先生’，献策略，自言能退敌，愿得募胜兵，朝廷从之，卖药刘宋杰，及商贾、技术，言兵机、退敌、募兵，而身为其将者众。”

第五节　靖康耻，犹未雪

郭啸天道："靖康年间徽钦二帝被金兵掳去这件大耻，我们听得多了。天神天将什么的，倒也听见过的，只道是说说笑话，岂难道真有此事？"

——《射雕英雄传》

在《射雕英雄传》中，郭啸天说的"天神天将"，固然真有其事，指的就是郭京等推举怪力乱神之流；而"徽钦二帝被金兵掳去这件大耻"，也真有其事。金人在破城之后，索要了大量文籍舆图、宝器法物，[①] 并俘虏了皇帝的后妃等三千余人、男女宗室四千余、贵戚五千余人、各类工匠三千余人、教坊三千余人、民间美女三千人，以及大臣、宗室家属数千人。在启程前，金人杀一些、放一些，实际人数余下一万四千人左右，共分七组押往金国。[②]

要评论靖康之耻，并不容易，这里就借《射雕英雄传》

---

① 《宋史·钦宗本纪》记载："夏四月庚申朔，大风吹石折木。金人以帝及皇后、皇太子北归。凡法驾、卤簿，皇后以下车辂、卤簿，冠服、礼器、法物，大乐、教坊乐器，祭器、八宝、九鼎、圭璧，浑天仪、铜人、刻漏，古器、景灵宫供器，太清楼秘阁三馆书、天下州府图及官吏、内人、内侍、技艺、工匠、娼优，府库畜积，为之一空。"

② 张帆、刘文生、张泰湘：《宋朝徽、钦二帝北迁行踪研究——"靖康之难"系列研究之一》，《北方文物》2001 年第1 月（总第65 期），第71—80 页。

中张十五的说法，做一个结语：

> 张十五道：“我中国百姓，比女真人多上一百倍也还不止。只要朝廷肯用忠臣良将，咱们一百个打他一个，金兵如何能够抵挡？我大宋北方这半壁江山，是当年徽宗、钦宗、高宗他父子三人奉送给金人的。这三个皇帝任用奸臣，欺压百姓，把出力抵抗金兵的大将罢免的罢免，杀头的杀头。花花江山，双手送将过去，金人却之不恭，也只得收了。”
>
> ——《射雕英雄传》

第七章
万里欲行沙漠外[①]：长春真人丘处机

话未说完，只听得楼梯格格作响，似是一头庞然巨兽走上楼来，听声音若非巨象，便是数百斤的一头大水牛。楼下掌柜与众酒保连声地惊叫起来：“喂，这笨家伙不能拿上去！”“楼板要给你压穿啦。快，快，拦住他，叫他下来！”但格格之声更加响了，只听喀喇一声，断了一根梯板。接着又听得喀喀两声巨响，楼梯又断了两级。

完颜洪烈眼前一花，只见一个道人手中托了一口极大的铜缸，迈步走上楼来，定睛看时，只吓得心中突突乱跳，原来这道人正是长春子丘处机。

——《射雕英雄传》

丘处机在醉仙楼出场这一幕可谓技惊四座。一个瘦弱道人，手托着四百来斤的铜缸，连楼梯也承受不了这重量，断了三级，但他手里“却不见如何吃力”。如此臂力、如此气魄，一时刻把在场的江南七怪都震慑住。

① 摘自丘处机诗作《答宣抚王巨川》。

按小说的设定，丘处机还有六个师兄弟，分别是马钰、谭处端、刘处玄、王处一、郝大通和孙不二，合称“全真七子”。听着真的很像武林小说的常规设定，像“五散人”“桃谷六仙”等，但原来他们在历史上都是真有其人。

第一节　长春子丘处机

《元史·释老列传》有一段专记丘处机的生平，篇幅虽然不长，但意义却不凡——“全真七子”之中，唯有长春子丘处机一人在《元史》中有专论，可见其人于历史上之重要性。而事实上，在丘处机龙门派一脉的带动下，全真派在元代攀上了高峰。

丘处机，字通密，自号长春子，于绍兴十八年（1148）出生于山东登州栖霞（今山东栖霞市）。他自小就父母双亡，由亲戚抚养成人。十九岁时，他在宁海昆嵛山（今山东牟平东南）出家。后来，他知道王重阳创立了全真道（又称全真教、全真派）。

全真道是道教两大宗派之一，尊崇东华帝君、正阳帝君、纯阳帝君与海蟾帝君，由金代王重阳创派立教，北七真发扬光大。重阳祖师主张“三教平等”，认为三教本来就是道理相通的。全真道开宗祖师王重阳的诗歌《孙公问三教》谓：“儒门释户道相通，三教从来一祖风。”一语道出全真道的要义，展示全真道与儒释道同源的看法。

丘处机知道王重阳后，便前赴拜其为师。丘处机和马钰、谭处端、王处一等在昆仑山、登州等地修行了两年，并建立了道教组织。

乾道五年（1169），王重阳在赴汴京路上病逝，享年五十八岁。丘处机等四位弟子把王重阳的遗体移葬在其家乡陕西终南县刘蒋村，并为他守丧至淳熙元年（1174）。

嗣后，全真道弟子分头传教，光大宗门。丘处机决意往更西处传法，最后来到磻溪（今陕西宝鸡市境内）隐居，一共十二年，人们也称其为“蓑衣先生”。

淳熙七年（1180），丘处机三十二岁，迁居龙门山（今陕西陇县西北）传法，创立全真教龙门派。同一时间，谭处端、王处一继马钰之后，先后执掌全真教。在王处一的带领下，全真教几乎成为金国上下都笃信的道教教派。淳熙十四年（1187），即金大定二十七年，王处一获金世宗邀请至中都传授长生之术，以及负责一些国家斋醮仪式。而在金朝的支持下，全真教成为北方最显赫的道教教派，在各地都建有道观。

淳熙十三年（1186），三十八岁的丘处机从龙门山移居终南山王重阳故里。两年后，金世宗邀请他到中都大兴府（今北京西城至丰台一带）主持万春节大醮。稍住数月后，他返回终南山继续修道。

绍熙二年（1191），丘处机从终南山东返栖霞，于太处观修行，一住就是二十七年。

嘉定十一年（1218），丘处机从栖霞太处观转到莱州昊天观（今山东掖县）。而在前一年，王处一去世，丘处机成为全真教教主。而在这年的前后，金国和南宋都曾先后邀请他前赴讲道，然而都被他一一拒绝了。[①]

第二节 征召

就在丘处机执掌全真教之时，蒙古皇帝成吉思汗从刘仲禄、耶律楚材口中认识了丘处机，知道他长于养生延寿之道。[②] 为隆重其事，成吉思汗特意派遣侍臣刘仲禄带着书有“如朕亲行，便宜行事”八字的“虎头金牌”（虎头纹饰的金牌，代表了其身份和权力），连同二十多个蒙古人一同传旨敦请丘处机。

见到这场面的时候，丘处机还拿不定主意。事实上，在不久之前，他才拒绝了金国和南宋的邀请；[③] 对他来说，国君来邀并不是什么大不了的事。然而，这次他犯踌躇了。首先，如此高格调的邀请并不常见。而且，成吉思汗命令刘仲禄无论等多久，都一定要请到丘处机，可谓盛意拳拳。其次，从元境至昊天观，路途遥远。当时还是战乱之时，各国攻伐不休，刘仲

---

① 除《长春真人西游记》有此记载外，《元史 · 释老列传》亦记曰：“金、宋之季，俱遣使来召（丘处机），不赴。”

② 刘仲禄，即刘温，因制作鸣镝、奉献医药而被成吉思汗所赏识。他对成吉思汗说丘处机已经三百多岁，有保养长生之术，遂使成吉思汗作出了召请丘处机的决定。详见［元］李志常著，党宝海译注：《长春真人西游记》，河北人民出版社，2001，第 7 页。

③ 当时，丘处机曾受到两位皇帝征召。一次是贞祐四年（1216），金宣宗之召；另一次是嘉定十二年（1219），南宋宁宗之召。而这两次来自皇帝的征召，都没有成功邀约到丘处机。

禄此行是十分危险的——据刘仲禄自己的说法，他五月在乃满国的兀里朵得旨，六月才到达白登北威宁。在那里他得到一个常姓道人的指引，七月到达了德兴。可是，当时居庸关的道路受阻，于是又要等燕京派士兵来迎接。到了八月才抵达京城。在京城那里，众道人又说丘处机不在，可能在山东，所以他只好到山东碰碰运气。古代不像现代，要在茫茫人海中找一个人，谈何容易。刘仲禄"过中山、历真定"，才收到风声确认丘处机正在东莱。本来，刘仲禄打算派遣五千士兵迎接丘处机，但那时宋元才刚刚签订和议，民心好不容易安稳下来，实在不好提调兵马入境。最后，刘仲禄决定带领二十人马，冒着风险亲自到观中传达成吉思汗的美意。

光是看到这段意译自《长春真人西游记》的一小节，我们已能感受到刘仲禄此行之不容易。另外，我们今日仍能从《成吉思皇帝赐丘神仙手诏碣》（现存于河南省内乡县石堂山普济宫）的碑文，感受当日玺书的诚意——"知先生犹隐山东旧境，朕心仰怀无已。先生岂不闻渭水同车、茅庐三顾之事，奈何山川防阔，有失躬迎之礼。朕但迟位侧身，斋戒沐浴，选差近侍官刘仲禄，备轻骑素车，不远千里谨邀。"如此诚意，实属罕见。既然无可推辞，丘处机大方地答允了成吉思汗，告诉他们在完成上元节大醮之后，派十五个人来接他赴约。

第三节　出发

常谓"人生七十古来稀"，年届七十三岁的丘处机接受了成吉思汗的邀请，选定门下弟子十八人一同出发。[①]

途中，因为刘仲禄要安抚百姓，一度与丘处机师徒分别。[②] 加上路上治安不靖，所以整段旅程并不容易。幸好，后来刘仲禄径取燕京，从关防官员手上领取兵甲，涤荡途中骚乱，并开路筑桥。终于，在二月二十二行至今北京西郊卢沟桥一带。燕京官民僧道知悉长春真人丘处机的到来，争相到郊外迎接法驾。当日，燕京道士备齐仪仗，在前面吟经引路，直到丘处机下榻的玉虚观方止。

安顿后，听说成吉思汗已逐渐西行，其人已在今中亚地区，足有千里之遥。丘处机于是以年事已高，又无政治才能为由，修书一封予成吉思汗，表达在燕京等候的意愿。

数月之后，成吉思汗回函，以“达摩西来传法”，以及“老子西去化胡”的故事，劝请丘处机要不避千里，西来中亚相见，并说明自己只问道法，不问政治。这下，丘处机再也找不到理由推却，只好答允在翌年春天动身西行。用今日的概念，中亚与北京的直线距离是四千公里，中间又有山河阻隔，所以马车行走的实际距离肯定远不止此。虽然路途艰险，但丘

---

① 疑为《长春真人西游记》笔误。该书指：“师预选门弟子十有九人以俟其来。”但其内文只提及十八人的名字，分别是：赵道坚、宋道安、夏志诚、宋德方、孟志温、何志坚、潘德冲、尹志平、王志明、于志可、鞠志圆、杨志静、綦志清、张志素、孙志坚、郑志修、张志远、李志常。而且《玄门掌教大宗师真常真人道行碑铭》也明确提到随行只有十八人。详见［元］李志常著，党宝海译注：《长春真人西游记》，第9—10页。

② 《长春真人西游记》记载：“闻之张林言：‘正月七日，有骑四百军于临淄，青民大骇，宣使逆而止之，今未闻所在。’师寻过长山及邹平。”

处机还是咬紧牙关出发了。他当日曾经赋诗一首表达内心想法：

> 十年兵火万民愁，千万中无一二留。去岁幸逢慈诏下，今春须合冒寒游。不辞岭北三千里，仍念山东二百州。穷急漏诛残喘在，早教身命得消忧。
>
> ——《复寄燕京道友》[①]

这首诗收录在《长春真人西游记》中，并未见于丘处机的诗词集《长春子磻溪集》，后来亦收录到《元诗选》中。这是丘处机在出发前赠给道友的诗歌，诗中表达了对“山东二百州”生灵的怜悯，并指出此行的最主要目的就是救百姓出“兵火”。如此情操，实在让人钦佩！

丘处机一行人先是北出居庸关，行至呼伦湖，然后西行穿越蒙古和新疆北部，最后抵达撒马尔罕[②]。行行重行行，从嘉定十三年（1220）初在山东出发，直到嘉定十四年（1221）底到达撒马尔罕，整整两年的时间。可是，到达后不久，即当年闰十二月底，侦骑返回，告知丘处机两个重要信息：（一）二太子已消灭了土匪，并修整好舟梁；（二）成吉思汗驻跸在

---

① 《长春真人西游记》存有这首诗，但没有题目。这首诗是丘处机在收到成吉思汗召见的诏书，决定奉诏西行的时候写作的。

② “撒马尔罕”一词在粟特语中意为“石城”或“石要塞”“石堡垒”；另根据耶律楚材说：“寻思干者西人云肥也，以地土肥饶故名之。”撒马尔罕是中亚地区的历史名城，也是伊斯兰学术中心，是今日乌兹别克斯坦旧都兼第二大城市撒马尔罕州的首府。

“大雪山之东南”（今阿富汗兴都库什山），但目前积雪甚厚，请丘处机在此等待。成吉思汗派人告知丘处机，他快回到昆都斯的大营（今阿富汗北部），请他等候一下。熬到嘉定十五年（1222）四月五日，丘处机终于见到成吉思汗了！

第四节　会面

成吉思汗一见面即问是否有“长生之药”，而丘处机则坦然地相告：“我只有养生之道而没有长生之药。”如此实诚，实是出人意料，但是成吉思汗听后，却不以为忤，反倒赞许他的真诚，后来更以“神仙”称呼他。

其后，成吉思汗多次召见丘处机论道，有时还要在“清夜”时分召见。① 丘处机“三说养生之道”，而成吉思汗觉得“甚入心”。

成吉思汗对丘处机恩宠有加，对之越发信任，而二人也无话不谈。例如在同年十二月二十八日，丘处机便借“打雷”一事，乘机劝说成吉思汗要推广孝道。再举一例，在一次打猎中，丘处机借“猎猪”一事，劝说成吉思汗要明白上天之道是好生恶杀，要他减少杀生。② 凡此种种，都显示了丘处机是

---

① 《长春真人西游记》记载：“十月九日清夜，再召师论道，上大悦。”

② 《元史 · 释老列传》亦记载此事：“一日雷震，太祖以问，处机对曰：‘雷，天威也。人罪莫大于不孝，不孝则不顺乎天，故天威震动以警之。似闻境内不孝者多，陛下宜明天威，以道有众。’太祖从之。岁癸未，太祖大猎于东山，马踣，处机请曰：‘天道好生，陛下春秋高，数畋猎，非宜。’太祖为罢猎者久之。”

要慢慢地在成吉思汗乃至于他的族人的心田上，种下一颗“仁善”的种子。

第五节　东还

成吉思汗曾经谕示太子、诸王、大臣，说：“汉人尊重神仙，犹汝等敬天。我今愈信真天人也。”他公开明示丘处机在他心中就是“神仙”，并指令众臣下须敬信“神仙”，犹如敬信“长生天”。所以，当丘处机要返回中原之前，他百般舍不得。虽然多次挽留，但仍不得要领。为表示对丘处机的最大尊重，同时也希望获得“神仙”的祝福，成吉思汗颁下蠲免“差发”（赋税徭役）的诏书，并命令阿里鲜、蒙古带和喝剌八海“护师东还”。

半年后，成吉思汗又颁诏，命丘处机掌管天下所有出家人。而在返还北京途中，丘处机特命徒弟手持度牒，招收一些沦为“人奴”者入教，继而复籍为良人，为数足有二三万人。到了明朝宋濂等修《元史》的时候，中州人仍称道这件事。①

第六节　与香港结缘

丘处机不畏路途遥远，坚持西行传道，不单使全真道成为

① 《元史·释老列传》记载：“时国兵践蹂中原，河南、北尤甚，民罹俘戮，无所逃命。处机还燕，使其徒持牒招求于战伐之余，由是为人奴者得复为良，与滨死而得更生者，毋虑二三万人。中州人至今称道之。”

天下道教一大宗，也庇护了当时不少黎民百姓，使之免为“人奴”。宝庆元年（1225）六月“天大雷雨”，太液池岸北之水涌入东湖，其原有的鱼鳖尽去，池水也因此干涸。当时，池口高岸崩塌，丘处机观之，也慨叹道：“山其摧乎，池其涸乎，吾将与之俱乎！”果然，不久他就去世了。据《元史·释老列传》载，丘处机享年八十岁。①

之后，其徒尹志平等“世奉玺书袭掌其教”，至大年间（1308—1311）加赐金印。到了1929年，全真教龙门派道人何近愚偕同广州三元宫住持麦星阶及一众道侣集资购得粉岭双鱼洞山麓，创建蓬瀛仙馆，自此全真教龙门一脉南传至香港。据香港特区政府统计，本港道教信徒逾一百万人，道堂宫观超过三百个。在2014年12月3日，“全真道堂科仪音乐”获列入扩展项目名录“传统音乐”类别的“道教音乐”项目，正式成为香港的非物质文化遗产。到了2017年8月14日，更获录“香港非物质文化遗产代表作名录”，与香港结下深厚的缘分。

---

① 详见《元史·释老列传》。

第八章

百战沙场碎铁衣[①]：赵敏与特穆尔家族

硕人其颀，衣锦褧衣。齐侯之子，卫侯之妻，东宫之妹，邢侯之姨，谭公维私。

手如柔荑，肤如凝脂，领如蝤蛴，齿如瓠犀，螓首蛾眉，巧笑倩兮，美目盼兮。

——《诗经·卫风·硕人》

《诗经·卫风·硕人》记载了诗歌史上第一位因美貌而进入文学世界的美人——齐国公主庄姜。庄姜拥有春荑般柔嫩的双手、凝脂般白润的肌肤、蝤蛴般优美的领项、瓠子般齐整的牙齿，以及细长的眼眉；她嫣然一笑动人心弦，秋波一送勾人魂魄。自《诗经》问世起，“巧笑倩兮，美目盼兮”便成了天下美女最佳的形容词。

要数金庸小说女角，笔者认为赵敏最堪配“巧笑倩兮，美目盼兮”。赵敏聪明美丽，对张无忌爱无反顾，而且性格亦刚亦柔、亦正亦邪，几乎是天下男子共同心仪的对象。当日，赵敏于柳林中，首以男装出场，但在丽容之下，仍是给周颠看

① 摘自李白诗作《从军行》。

破其女儿身："杨兄（杨逍），令爱本来也算是个美女，可是和那位男装打扮的小姐一比，相形之下，那就比下去啦。"这句话，当然有一大半是周颠拿杨逍开玩笑，但这也点出了赵敏之俊美，非比寻常。其后，在绿柳山庄席上，赵敏酒过数巡，即"脸泛红霞，微带酒晕，荣光更增丽色。自来美人，不是温雅秀美，便是娇艳姿媚，这位赵小姐却是十分美丽之中，更带着三分英气，三分豪态，同时雍容华贵，自有一副端严之致，令人肃然起敬，不敢逼视"，一种异于中原女子之美，在酒精的催逼下，表露无遗。其后，张无忌在地牢之中，替赵敏穿上罗袜时，"一手便握住她左足，刚才一心脱困，意无别念，这时一碰到她温腻柔软的足踝，心中不禁一荡"，而这一荡，也让他与她情根深种，开启了一段不容于世的汉胡之恋。

赵敏，原名敏敏特穆尔，是汝阳王察罕特穆尔之女，封号绍敏郡主。敏敏特穆尔当然是《倚天屠龙记》虚构的角色，但其父察罕特穆尔和其兄库库特穆尔（王保保）却在中国历史上真有其人。

第一节　汝阳王察罕特穆尔

察罕特穆尔（Chaqan－temür），汉语又译作察罕帖木儿，生年不详（或云 1328 年），卒于至正二十二年（1362）。据《元史·察罕帖木儿传》记："察罕帖木儿，字廷瑞，系出北庭。曾祖阔阔台，元初随大军收河南。至祖乃蛮台、父阿鲁温，皆家河南，为颍州沈丘人。"由于《元史》没有明言察罕特穆尔祖属何族，只说他"系出北庭"。"北庭"，即是元代的别失八里（今新疆吉木萨尔），故此有学者推测他是畏兀儿人。[①] 但是，又有学者认为他出自乃蛮部。[②]

畏兀儿，即唐代所称之回纥，后于贞元四年（788）改称回鹘。高昌回鹘王国原来是西辽属国，但由于西辽对它施以严重的政治压逼和经济剥削，所以在嘉定四年（1211）正式倒向蒙古，成为蒙古属国。而畏兀儿就是蒙元时期的常用称呼。

乃蛮，又译作奈蛮、乃满、乃曼等，是一个原居于古谦河附近的部族。宋末至辽、金时，乃蛮族已游牧于金山（今阿尔泰山）一带。宋元之际，乃蛮曾臣属于辽和金。嘉泰四年（1204），蒙古成吉思汗征讨乃蛮部，太阳汗战败被俘。部众后从太阳汗之子屈出律。屈出律曾篡夺西辽政权。嘉定十一年（1218），成吉思汗擒杀屈出律。此后，乃蛮部臣属蒙古王国。

话说回来，虽然察罕特穆尔系出北庭，但其曾祖阔阔台作为军士随蒙古军队进占河南，此后特穆尔家族世代就在河南颍州沈丘（今河南周口市沈丘县）定居下来。于是，察罕特穆尔从小就学习汉文，其后更参加进士科考试，意图考取功名，报效国家。

第二节　元末各处起义，察罕特穆尔力挽狂澜

至正十一年（1351）五月，韩山童、刘福通在颍州起义，

① 详见韩儒林主编：《元朝史》下册，人民出版社，1986，第99页。

② 详见屠寄：《蒙兀儿史记·察罕帖木儿》，上海古籍出版社，1989，第771页。

拉开了反元序幕。几个月间，韩刘的红巾军接连攻克颍州、息州、光州等多个州县，一时间红巾军人数急涨，超过十万。星星之火，可以燎原，随着韩刘起义，北方的芝麻李、布王三、孟海马和郭子兴，南方的徐寿辉、彭莹玉等都乘时而起。

“国家兴亡，匹夫有责”，更何况“慨然有当世之志”的察罕特穆尔。

至正十二年（1352），察罕特穆尔在家乡“奋义起兵”，聚集了“沈丘之子弟从者数百人”，与李恩齐合力攻下红巾军的罗山（今河南信阳市罗山县）。这一仗是察罕特穆尔初出茅庐的“第一功”，成功引起了元朝的注意，并获授中顺大夫、汝宁府达鲁花赤。自此，他的名声响彻河南，“所在义士俱将兵来会”，一时间所领的军队由数百人骤增至万人，自成一军。

从“罗山第一功”后，察罕特穆尔连番攻陷红巾军的阵地。至正十五年（1355）二月，刘福通在亳州拥立韩林儿为“小明王”，国号大宋，建元“龙凤”。龙凤政权立国后，马上起兵攻取嵩州、汝州、洛阳等地，如此势头，震惊了元朝。

察罕特穆尔闻讯，即领兵“转战而北”，进戍虎牢关，企图以一己之力遏止龙凤政权的兵势。“龙凤大军”在察罕特穆尔的遏制下，唯有北渡黄河，转战怀庆（今河南沁阳市）。龙凤兵锋所至，“河北震动”。然而，察罕特穆尔一无所惧，尾随敌军转战河北，在接连的胜仗下，最后彻底击溃了龙凤政权的军队。朝廷见其立下奇功，即除中书刑部侍郎，阶中议大夫。

至正十六年（1356），察罕特穆尔升中书兵部尚书，阶嘉议大夫。后，再次击败红巾军，以功加中奉大夫、佥河北行枢密院事。

至正十七年（1357），红巾军再起，使“三辅震恐”（京兆、左冯翊、右扶风，辖境相当于今陕西中部地区）。察罕特穆尔应陕西省行台守官请求，率兵由河南入陕西，再败红巾军。其后，刘福通三路并出，企图包围大都（今北京市）。正当刘福通等连下数城之际，察罕特穆尔闻讯，即领兵驰援，并在凤翔设计，派间谍诱使刘军包围。未几，刘军果然中计，派大军重重包围凤翔。按《元史》说，刘军前后包围了“数十重”。与民兵作战，最忌找不到主力，徒耗资源，现在察罕特穆尔以凤翔为饵，引得刘军主力聚集，这简直是天赐良机。于是，察罕特穆尔亲率“铁骑”，“昼夜驰二百里往赴”，分左右两翼掩击敌军。此时，城中守军闻讯，按约定“开门鼓噪而出，内外合击”，一时间呼声轰动天地，刘军迅即大溃，“自相践蹂”。察罕特穆尔“斩首数万级”，刘军“伏尸百余里，余党皆遁还”。关中乱事宣告全部平定。

其后，察罕特穆尔接续击溃各路起义兵马，而他的官阶也随之步步高升。至正十八年（1358），他已官至陕西行省平章政事，兼同知河南枢密院事便宜行事，总管守御关、陕、晋、冀，镇抚汉、沔、荊、襄等地军政事宜。一连串几十字的官名并不容易明白，简单来说，察罕特穆尔这时已不是一介布衣了，他已经是元末年间最大的军阀了。

第三节　最大的敌人往往藏于内部

翌年，察罕特穆尔继续狙击韩林儿。在三个月艰苦的汴梁攻防战后，龙凤政权的主要根据地失陷了。战场上的大逆转，让元朝举国上下兴奋不已，而察罕特穆尔又再官升一级，官名我不赘述了，总之这时候，他已完全掌控了关、陕、晋、冀一带，甚至连荊襄等地都几乎是他的势力范围。如此势头，当然会引起其他人不满。在外部敌人稍稍遏抑时，元朝内部的斗争也随之开始。

元朝另一大军阀孛罗帖木儿一直不满察罕特穆尔的日渐坐大，所以当察罕特穆尔救夺取晋冀之地时，孛罗帖木儿决定出手争夺。察罕、孛罗两军接连交战，就算朝廷多次出面调停，还是没有停息。而内部矛盾确实给予了反元义军喘息的空间。

虽然内有孛罗帖木儿拖着后腿，但察罕特穆尔对反元势力的打击力度却未受影响。至正二十一年（1361），察罕特穆尔发动大军，全面进攻山东红巾军。红巾军在群龙无首的情况下，很快就被察罕特穆尔的大军击溃，而部分红巾军将领也悄悄投降了。八月，济南地破，山东叛乱已全面被遏制了。察罕特穆尔在众望所归之下，晋升中书平章政事，知河南、山东行枢密院事，成为一个真真正正身兼将相、权倾朝野的重臣了！

第四节　将星陨落

在《倚天屠龙记》中，明教光明右使范遥曾经向张无忌评价察罕特穆尔曰："那汝阳王察罕特莫尔实有经国用兵的大才，虽握兵权，朝政却被奸相把持，加之当今皇帝昏庸无道，弄得天下大乱，民心沸腾，全仗汝阳王东征西讨，击溃义军无数。"《明史·扩廓帖木儿传》也这样说："至正十二年，察罕起义兵，战河南、北，击贼关中、河东，复汴梁，走刘福通，平山东，降田丰，灭贼几尽。""灭贼几尽"——如果没有察罕特穆尔的力挽狂澜，元朝可能在十年之前已经灭亡，范遥的评价并没有过度，《明史》的评价也绝对中肯。然而，正当察罕特穆尔势头旺盛之时，上天却不想再给"黄金家族"孛儿只斤氏时间了——至正二十二年（1362）元月，察罕特穆尔在进攻益都（今山东青州市）孤城时，被红巾军田丰和王士诚刺杀。

一个由布衣至将相、十二年长胜不败的"神话"还是落幕了。察罕特穆尔虽然没有救活孛儿只斤氏，却为这个家族延寿一纪（岁星木星绕地球一周约需十二年，故古称十二年为一纪）。

第五节　"元代奇男子"王保保

> 一日，大会诸将，（朱元璋）问曰："天下奇男子谁也？"皆对曰："常遇春将不过万人，横行无敌，真奇男子。"太祖笑曰："遇春虽人杰，吾得而臣之。吾不能臣王保保，其人奇男子也。"
>
> ——《明史·扩廓帖木儿传》

常遇春，明太祖朱元璋麾下之虎将，以勇猛敢战见称，讨元战争中可谓处处皆见其踪影。《明史·常遇春传》记曰："遇春沉鸷果敢，善抚士卒，摧锋陷阵，未尝败北。"像常遇春这样的猛将，朱元璋还不以为是"奇男子"，反而称赞敌将王保保"其人奇男子也"，这真是可堪玩味。

当然，其中最大的原因是王保保一直拒不臣服，朱元璋对他只能"远而观之"，所以不免会神化他的能力。然而，"奇男子"三字一出，就让王保保在浩如烟海的史籍中脱颖而出了。

有一点必须注意，就是"奇男子"三字，可能只是朱元璋最廉价的招抚手段。翻查《明太祖实录》，朱元璋曾经三次称许他人为"奇男子"。①

（一）王保保是汉人？

在《倚天屠龙记》中，范遥曾经如此评价王保保："库库特穆尔是汝阳王世子，将来是要袭王爵的……这两个孩子都生性好武，倒也学了一身好武功。两人又爱作汉人打扮，说汉人的话，各自取了一个汉名，男的叫作王保保，女的便叫赵敏。"

王保保，即《明史》所记的扩廓帖木儿。据《明史·扩

① 一次是廖永忠："廖永忠战鄱阳时，奋勇忘躯，与敌舟相拒，朕亲见之，可谓奇男子。"（《明太祖实录》卷五十）另一次是薛显："今右丞薛显，始自盱眙来归，朕抚之厚而待之至，推腹心以任之。及其从朕征讨，皆著奇迹。自后破庆阳，追王保保，战贺宗哲，其勇略意气迥出众中，可谓奇男子也，朕甚嘉之。"（《明太祖实录》卷五十九）

廓帖木儿传》记载："扩廓帖木儿，沈丘人。本王姓，小字保保，元平章察罕帖木儿甥也。察罕养为子，顺帝赐名扩廓帖木儿。"这里指王保保的本姓是"王"，这显然是汉姓，莫非其中真有故事？

考查典籍，可以发现这说法的最早来源是《庚申外史》："已而，察罕死，有王保保者，察外甥也，尝养为子……朝廷又赐其名扩廓。"《庚申外史》是元末明初人权衡撰，总共两卷，记述了元顺帝即位（元统元年，1333 年）至元亡（至正二十八年，1368 年）三十六年间史事。据《庚申外史》的说法，王保保是"本名"，而"扩廓"是后来朝廷的赐名。由于"王保保"显然是汉人名字，所以后世就有人对王保保与汉族渊源有所猜想。

《庚申外史》以后，《国初群雄事略》《明史》《新元史》等史书，都或多或少受了它的影响。然而，此说在 20 世纪 90 年代以后，就因在洛阳市出土的《赛因赤答忽墓志》而不攻自破。该墓志如此记载："公讳赛因赤答忽，系出蒙古伯也台氏。其先从世祖皇帝平河南，因留光州固始县，遂定居焉……子三人：长扩廓铁穆迩，生而敏悟，才器异常。"赛因赤答忽的长子就是王保保，而这里也清楚地指出了他"系出蒙古伯也台氏"，所以王保保肯定是蒙古人，而非汉人。

那为什么他又会有个汉人名字呢？

这并不是什么奇事。当时，不少汉化了的蒙古人都有汉姓、汉名，譬如王保保的养父察罕特穆尔的汉姓就是"李"。

（二）走马上任，继承父志

至正二十二年（1362）元月，察罕特穆尔在进攻益都孤城时，被红巾军田丰和王士诚刺杀。元顺帝在仓促之间，即在军中拜王保保为太尉、中书平章政事、知枢密院事，如察罕官，总管其父察罕特穆尔的全部兵马。从此，“奇男子”王保保正式登上历史舞台。

王保保走马上任后，第一件事，就是急攻益都。一来，他要报此杀父大仇；二来，他也急需一份“大功”来巩固他在军中的地位。所谓“兵贵神速”，王保保并没有沉沦在丧父之痛中。他稍加整顿，就突发大军包围益都。合围之势形成以后，王保保并不急着攻城，只是在等，等一个时机——地穴打通。元军从城外挖掘隧道，从地底通往城内。突然而至的元军，把益都守军杀个措手不及。坚固的益都城，不久就被攻陷了。它的守将，也即王保保的杀父仇人，田丰、王士诚都被捉了。《明史》说：“（王保保）执丰、士诚，剖其心以祭察罕。”

（三）乱，往往起于萧墙内

报了杀父大仇后，王保保即派大将东取莒州，不费吹灰之力，“山东地悉定”①。北方相继平定后，王保保并没有乘胜挥军江南，趁势消灭朱元璋等起义军队。因为这一刻，最急着要处理的，并不是外贼，而是元朝的内部矛盾。

---

① 《明史·扩廓帖木儿传》。

孛罗帖木儿是王保保父子的长期政敌。察罕特穆尔还在世的时候，孛罗帖木儿就经常拖他的后腿——不是争功，就是抢夺地盘。然而，当时的蒙古皇帝元顺帝却始终偏袒孛罗帖木儿，无他，因为他是唯一可以制衡皇太子的人。

原来的皇太子、后来的北元昭宗，是元顺帝和奇皇后的儿子。由于元顺帝怠于政事，中书省、枢密院、御史台凡奏事先启皇太子。[①] 慢慢地，皇太子不想只当皇太子。可是，老皇帝元顺帝还健在，于是皇太子便与奇皇后密谋，党同伐异，想尽办法要把权力收归自己手中。可是，事不密则泄，元顺帝识破了此事。皇太子也只好逃离京师，直奔太原，“欲用唐肃宗灵武故事，因而自立”[②]，但是作为“太子党”的王保保却不同意。

至正二十五年（1365），王保保终于在皇太子的多番催促下，发兵讨伐“皇帝党”孛罗帖木儿。本来，孛罗帖木儿与王保保素有私人恩怨，但王保保并没有因私废公。此时，既然皇太子执意要打，王保保也没有理由再拒绝。于是，王保保大军抵达京师，元顺帝逼于无奈之下，唯有应皇太子和王保保的要求，杀死孛罗帖木儿。奇皇后知悉此事，马上传旨给王保保，要求“以重兵拥太子入城，欲胁帝禅之位”，然而王保保还是拒不从命。王保保虽然是“太子党”，但在国家大义面前，他还是能放下个人利益的。

王保保大军压迫京师，先得罪了元顺帝；其后，又拒不从

① 《元史·顺帝本纪》。

② 《元史·察罕帖木儿传》。

奇皇后、皇太子之命，又得罪了他们二人。此时的王保保正是“猪八戒照镜”——里外不是人。再加上王保保实在太年轻了，虽然有莫大之军功，但他还是得不到朝中大臣的信服。为求自保，也避免与朝中各股势力发生冲突，王保保主动要求离开京师，带兵平乱。

（四）胡运不过百年

至正二十七年（1367），元顺帝下诏命皇太子“亲出总天下兵马”，又命王保保带领他的兵马出潼关，“肃清江淮”。[①] 除了王保保这一路大军外，元顺帝又命李思齐、秃鲁等领兵进取川蜀和襄樊。但是诏命下达后，皇太子却按兵不动。王保保见其中大有阴谋，所以拒不受命。王保保在军中的威望本来就不是很高，如此一来，他的部下就乘机造反了。

一时之间，王保保由英雄变成狗熊，原来的部下和本来的敌人走到同一条线上，对他穷追猛打。他只好“引军据太原，尽杀朝廷所置官吏”[②]。于是，元顺帝“下诏尽削扩廓官爵，令诸军四面讨之”[③]。

在元朝乱起萧墙之际，朱元璋并没有停下手来。很快，朱元璋的兵马打下了山东、收取了大梁。在梁王阿鲁温奉河南以降、脱因帖木儿败走后，元兵更无心恋战，“皆望风降遁，无

---

① 《元史·察罕帖木儿传》。

② 《明史·扩廓帖木儿传》。

③ 《明史·扩廓帖木儿传》。

一人抗者”[1]。这边厢朱元璋势如破竹，那边厢元军的主力却在围剿王保保。而且，剿王的貊高、关保不但不能击败王保保，反而被他擒杀。

元顺帝看到王保保之顽强，不免胆怯了。再者，当今之世，能遏制朱元璋的只有王保保。因此，元顺帝“下诏归罪于太子，罢抚军院，悉复扩廓官，令与思齐等分道南讨”[2]。可是，来回折腾了几年，原来由察罕特穆尔打下的优势，都给元顺帝父子消磨殆尽。这诏书下达一个月后，朱元璋大军已攻到京师大都，“奇男子”王保保想伸出援手也来不了。未几，大都就失陷了。此时，距离察罕特穆尔之死，只有短短六年。

（五）义不食“明粟”

纵然元大都已失陷，但是王保保并没有放弃，还死守着太原。朱元璋派出名将汤和领兵攻打。这个汤和，一向以沉敏多智见称，十几年来随朱元璋南征北讨，败张士诚、破方国珍、俘陈友定，是明军名将。所以，汤和对王保保，可谓是强强对垒。

汤和领兵自泽州（今山西晋城市）突袭太原。王保保知悉后，马上遣将抵御。汤、王二军于韩店（今山东邹平市）大战。汤和不敌，王保保成功保住太原，成为明军在肋部的一根刺。

本来，垂死挣扎的元朝廷能够保住太原已经不容易，更遑

---

① 《明史·扩廓帖木儿传》。

② 《明史·扩廓帖木儿传》。

论收复河山。但是，元顺帝却心有不甘，急命王保保纠集主力，进攻大都。此时，元军内部士气已至低谷，人心涣散，加上兵力有限，长城以南的据点也只剩下太原。王保保离太原攻大都，其实是一个非常冒险的决定。

王保保受命北出雁门关，打算由保安（今河北涿鹿县城）径取居庸关直攻北平（大都）。明将徐达、常遇春等认为大都城池坚固，而且有强将孙兴祖据守，并不会轻易被攻下。反过来说，太原城没有了王保保，就很难保得住。因此，他们宁可放下大都，乘虚捣取太原。本来，太原兵力已少，根本不可能抵挡住明军。而且，此举无疑是击王保保不能不救之处。王保保得悉后，马上回师太原。但是，这样一来，就犯了兵家大忌——我师长途奔袭，敌师以逸待劳。

前面也说过，元军已人心涣散。王保保帐下豁鼻马暗中投降明军，并答应作为内应，助明军夜劫王营。这一夜，王保保麾下诸营火光冲天，还在酣睡的元兵都惊惶逃跑，有的尚能勉力作战，但在明军的铁蹄下，都被践踏殆尽。王保保见大势已去，唯有仓皇率座下十八骑北走。

朱元璋眼中的“奇男子”都被击溃了，余下的李思齐等更不足为惧。明军乘势西征，攻打宁夏。元军降的降、死的死，“元臣皆入于明”①，唯有王保保一人集结兵力于塞上，负隅顽抗。

---

① 《明史·扩廓帖木儿传》。

（六）如鲠在喉，不吐不快

《明史》关于王保保的描述其实不少，却不足以说明他对于朱元璋的威胁。在朱元璋心中，王保保如骨鲠在喉，不吐不快。明代嘉靖时期成书的《皇明通纪》曾有这样的记载：“高帝（朱元璋）谓天下一家，尚有三事未了。一，少传国玺；二，王保保未擒；三，元太子无音问。”大家注意，这里说明了一件事——原来王保保的重要性仅次于“传国玉玺”，而且比元太子还重要！

“拥兵塞上”[①] 的王保保多次南侵明国境，朱元璋采取的基本策略是防御，严守边境。这样做，一来是因为王保保战斗力非凡；二来，这也是汉农耕民族对付游牧民族的最佳战法。

事实上，朱元璋一直想招降王保保。

朱元璋派元降将李思齐到漠北招降王保保。王保保一路均以上宾之礼对待李思齐，只是叛国之恨始终是王保保不能忘却的。所以到了边境后，王帐下骑士告诉李思齐：“‘主帅有命，请公留一物为别。’思齐曰：‘吾远来无所赍。’骑士曰：‘愿得公一臂。’思齐知不免，遂断与之。还，未几死。”[②] 两军对阵，不斩来使，这一向是敌我双方不成文的约定，王保保依例遵循，但是昔日叛国去君之仇他却不能不报，所以要叛徒李思齐留下一臂，以示元君之威德。王保保恩怨分明，无怪乎时为明帝的朱元璋都称许他为“奇男子”！

---

① 《明史·扩廓帖木儿传》。

② 《明史·扩廓帖木儿传》。

虽然多次招降都失败了，但朱元璋没有放弃，而且更加敬重王保保。他后来竟然把王保保的妹妹纳为二子秦王朱樉之妻。大家注意，这是王保保的妹妹。按《倚天屠龙记》的设定，这当是赵敏的原型！小说中，周芷若诘问拔速台时，拔速台想也不想就说："绍敏郡主乃我蒙古第一美人，不，乃天下第一美人，文武全才。"

不过，事实往往是残酷的。洪武四年（1371）九月，"册故元太傅中书右丞相河南王保保女弟为秦王妃"①。本来，能够嫁入皇族是莫大的光荣，但王家妹妹（她名为王观音奴）却一如"赵敏"般桀骜不驯。王家妹妹极力反抗，但在至高无上的皇权面前，这一切都是枉然。王家妹妹最后为朱樉生下了三个儿子。

纳王家妹妹为儿媳，不过是朱元璋笼络王保保的计谋。所以，当招降王保保不行后，王家妹妹也失去了她的功能。洪武二十八年（1395），秦王朱樉病逝，朱元璋敕令王家妹妹为儿子殉葬。就这样，"赵敏"完成了她的历史任务，走完这一段闻名但不让人羡慕的人生。

第六节　余论：王保保之死

皇太子爱猷识理答腊在元顺帝驾崩后继承帝位，即北元朝廷的元昭宗。此时，元朝廷剩下的将领并不多，而能与明军分庭抗礼的，唯有王保保。在共同的敌人面前，弱小的一方通常

① 《明实录》卷六十八。

会抱团取暖。元昭宗也不例外，选择了与王保保和好。他任命王保保为中书右丞相，专司复国之业。

事实证明了元昭宗的决定是正确的。洪武五年（1372），十五万明军分三路征伐北元。面对明军的三路人马，王保保实在摸不清他们真正的进军路线。因此，他决定诱敌深入，把真正的主力拉出来。明军的穷追不舍使真正的主力部队凸现出来。抓到了主力，王保保当然不会轻易放过。他乘着明军人饥马乏，或用伏兵，或用包围，把除西路军冯胜以外的两路都一一击溃。

据《明史·扩廓帖木儿传》记载，“自是明兵希出塞矣”，意思是明军自此就很少攻出塞外了。这也说明王保保打的这场战役为北元朝廷争取了最大的存活空间。可惜天不假年，王保保跟随元昭宗迁徙到金山，“卒于哈剌那海之衙庭，其妻毛氏亦自缢死，盖洪武八年也”[①]。

这里有个小插曲，就是明朝史书与高丽史书上关于王保保之死，有不同的说法。

《明太祖实录》卷一百记载：“故元将王保保卒。先是保保自定西之败走和林，爱猷识理答腊（北元元昭宗）复任以事。后从徙金山之北。至是，卒于哈剌那海之衙庭。”据此，洪武八年（1375），王保保死于“哈剌那海之衙庭”。然而，根据《高丽史》载，王保保当年还健在，而且在朝廷上还据有重要地位。

① 《明实录》卷六十八。

根据《高丽史·辛禑[1]》记载，在洪武九年（1376年，即北元宣光六年）十月，高丽国曾收到王保保的一封国书，内容主要是有关立王禑为高丽国王之事，其中有一句：“然令先君（即高丽国恭愍王）去世，今已二年”，而高丽国恭愍王在洪武七年（1374）遇弑，两年之后是洪武九年，由此可以推论王保保在洪武九年仍然健在。

① 朝鲜王朝编撰的《高丽史》声称王禑不是高丽恭愍王之子，而是其宠臣辛旽之子，称为辛禑。故此，此书不写王禑，而称辛禑。

第九章
一派江山千古秀[1]：陈近南与天地会

吴六奇斟酒于碗，一口干了，说道："先生说得好痛快！"双手一伸，嗤的一声响，撕破了自己袍子衣襟，露出黑色毛毛的胸膛，拨开胸毛，却见肌肤上刺着八个小字："天地父母，反清复明。"……

查伊璜道："不知何谓丐帮，何谓天地会，倒要请教。"

吴六奇道："先生请再喝一杯，待在下慢慢说来。"当下二人各饮了一杯……

那天地会是台湾国姓爷郑大帅手下谋主陈永华陈先生所创，近年来在福建、浙江、广东一带，好生兴旺……

查伊璜索然不明白天地会的来历，但台湾国姓爷延平郡王郑成功孤军抗清，精忠英勇，天下无不知闻。这天地会既是他手下谋主陈永华所创，自然是同道中人，当下不住点头。

吴六奇又道："国姓爷昔年率领大军，围攻金陵，可

---

① 摘自洪门对联："地镇高岗，一派江山千古秀；门朝大海，三河合水万年流。"

惜寡不敌众，退回台湾，但留在江浙闽三省不及退回的旧部官兵却着实不少。陈先生暗中联络老兄弟，组成了这个天地会，会里的口号是‘天地父母，反清复明’，那便是在下胸口所刺的八个字……我们天地会总舵主陈永华陈先生，又有一个名字叫作陈近南，那才着实响当当的英雄好汉，江湖上说起来无人不敬，有两句话说得好：‘平生不识陈近南，就称英雄也枉然。’在下尚未见过陈总舵主之面，算不了什么人物。”查伊璜想象陈近南的英雄气概，不禁神往，斟了两杯酒，说道：“来，咱们为陈总舵主干一杯！”

——《鹿鼎记》

《鹿鼎记》是金庸先生封笔之作，倪匡认为“《鹿鼎记》可以视为金庸创作的最高峰、最顶点”。《鹿鼎记》的时代背景是康熙年间（1662—1722），主角是虚构人物韦小宝。在这部小说中，有一个很特别的组织，民间常闻，正史少见，若真若假，那就是天地会。

在小说第一回，查伊璜与吴六奇论及天地会，指“天地会是台湾国姓爷郑大帅手下谋主陈永华陈先生所创”，并谓其会口号是“天地父母，反清复明”。读者或以为天地会和陈永华都是虚构，但其实在历史上真有其会，亦真有其人。

第一节　清朝秘密会社：天地会

蔡德忠道：“我们天地会，又称为洪门，洪就是明太祖的年号洪武。姓洪名金兰，就是洪门兄弟的意思。我洪门尊万云龙为始祖，那万云龙，就是国姓爷了。一来国姓爷真姓真名，兄弟们不敢随便乱叫；二来如果鞑子的鹰爪们听了诸多不便，所以兄弟之间，称国姓爷为万云龙。'万'便是千千万万人，'云龙'是云从龙。千千万万人保定大明天子，恢复我锦绣江山。韦兄弟，这是本会的秘密，可不能跟会外的朋友说起。"

——《鹿鼎记》

天地会是清朝民间的一个秘密会社，主要在长江以南一带流布。由于是官方不容的非法组织，所以它常常以不同的名字出现，譬如三合会、三点会、双刀会、小刀会、清水会、匕首会等。有时它们自称是天地会的分支，不过对内一般统称洪门。

（一）天地会名称来源

事实上，这些别称的来源，大都有一定的依据。

据《天地会文献录》，天地会的入会仪式，有祭拜天地一项目。[①] 乾隆年间（1736—1795），天地会要犯杨振国等供称："凡入会者，令其对天跪地立誓，因取名天地会，并不写帖立簿，只以举指为号。"[②]（注：后来这仪式演变得极为复杂。而

---

① 罗尔纲编：《天地会文献录》，正中书局，1943，第9页。

② 《宫中档乾隆朝奏折·乾隆五十二年正月初六日，闽浙总督常青奏折》，第六十二辑（1987年6月），第281页。

这仪式中，有一入会誓词曰："今夜拜天为父，地为母，日为兄，月为姊妹，复拜五祖及始祖，万云龙等，与夫洪家家存神灵。"又有《八拜诗》曰："一拜天为父、二拜地为母、三拜日为兄、四拜月为嫂、五拜五圣贤、六拜万云龙、七拜众兄弟、八拜万年香。"这可能是受到《水浒传》"合异姓为一家，指天地做父母"思想的影响。因为虽然生为异姓，但大家拜天地做父母，就可以变异姓为同姓。①

所谓"洪门"，是取明太祖朱元璋年号"洪武"而成，表示对明朝的怀念。据《近代秘密社会史料》② 引伦敦大英博物馆所藏抄本 Oriental 2339 载，天地会的联语大多有"洪"字，例如"叁门对"："洪气一点通达五湖四海，宗发万枝到处叁合横通。""四门对"："自世来降皆因敬贤纳士，洪门兴发在于礼义人和。"又有"桥头对"（或作"桥板联"）："黄河自有澄清日，洪儿岂无运转时。""伯温塔对"："元末兴刘师法配，朱氏洪英再太平"等。③

而三合会一名，源于天地会始祖朱洪英等葬于三合河的传说。④ 故洪门有对联云："地镇高岗，一派江山千古秀；门朝大海，三河合水万年流。"至于三点会，则是因为天地会之首

---

① 萧一山：《近代秘密社会史料》，文海出版社（台北），1972，第 4 页。

② 1932 年，《近代秘密社会史料》作者萧一山赴欧考察，旅英期间，在伦敦不列颠博物院发现晚清粤年抄天地会文件多种，都是英国波尔夫人（Mrs Ball）在香港、广州购买的书籍。

③ 萧一山：《近代秘密社会史料》，第 16 页。

④ 根据中山大学历史系俞澄寰《反清的秘密结社——天地会》一文，三合会传说中聚会的地方是在三合河，故号称三合会。

万云龙墓碑上有十六个以“水”为偏旁的字。而小刀会、匕首会等，则是取其会众身上或其会坊旁边的小事物作为象征而命名。

（二）天地会创立时间

目前，有关天地会创立时间的问题，学术界仍然没有一个共识。最主要的原因是其誓词、祝文、歌诀、杂录等文献资料，因为秘密传递，而且辗转传抄，所以出现了不少衍文、脱文和异文，内容纷杂，或详或短，又有不少个人臆测、想象之内容，所以难以判断孰真孰假。很多时，甚至会出现不同文献中叙述之人物、事件互相抵牾的情况。

其中一个说法是指天地会创于清初康熙年间。清末民初时，孙中山先生也公开说道：“洪门者，创设于明朝遗老，起于康熙时代。盖康熙以前，明朝之忠臣烈士多欲力图恢复，誓不臣清，舍生赴义，屡起屡蹶与虏拚命，然卒不救明朝之亡。迨至康熙之世，清势已盛而明朝之忠烈亦死亡殆尽，二三遗老见大势已去无可挽回，乃欲以民族主义之根苗流传后代，故以反清复明之宗旨结为团体……此殆洪门创设之本意。”①

金庸在《鹿鼎记》也采纳这说法。小说中吴六奇指陈近南“暗中联络老兄弟，组成了这个天地会”，大概就是源自这

---

① 萧一山：《近代秘密社会史料》，文海出版社（台北），1972，第3页。

个说法。而在小说中，“洪门五祖”[①] 之一的蔡德忠也这样说：

> 本会的创始祖师，便是国姓爷，原姓郑，大名上成下功。当初国姓爷率领义师，进攻江南，围困江宁，功败垂成，在退回台湾之前，接纳总舵主的创议，设立了这个天地会。那时咱们的总舵主，便是国姓爷的军师。我和方兄弟、马兄弟、胡兄弟、李兄弟，以及青木堂的尹香主等等，都是国姓爷军中校尉士卒。

蔡德忠，陕西同州府蒲城县人；方兄弟，北直隶宣化府怀来县的方大洪；马兄弟，北直隶顺天府涿州的马超兴；胡兄弟，山西平阳府绛州的胡德帝；李兄弟，山西平阳府绛州的李式开；五人合称“洪门五祖”，也即是天地会五位祖师，负责在闽（福建）粤（广东）一带策动反清复明的活动。

考究此说的源流，大概与天地会一直世代相传的“火烧南少林”有关。

（三）少林僧征西鲁番，不封反遭奸臣害

要了解天地会的起源，必须参考其仅有的文献资料——会簿。会簿，是天地会会员收藏之天地会小册子，内有该会之起

---

① “洪门五祖”，是指天地会的五位祖师，他们分别是：陕西同州府蒲城县的蔡德忠、北直隶宣化府怀来县的方大洪、北直隶顺天府涿州的马超兴、山西平阳府绛州的胡德帝与李式开，五人在福建、广东秘密开展反清复明活动，人称“少林五祖”。

源、仪礼等资料。天地会会簿目前有八个版本，分别是：（1）嘉庆十六年（1811）奏折：姚大羔本；（2）道光八年（1828）抄本：广西田林县抄本[①]；（3）咸丰年间（1851—1861）：伦敦大英博物馆藏《西鲁序》和《西鲁叙事》；（4）咸丰年间：荷兰人施列格在荷属东印度群岛（今印尼）见天地会会簿；（5）同治三年（1864）收藏贵县修志局本《反清复明根苗第一》[②]；（6）光绪十八年（1892）：洪顺堂《锦囊传》[③]；（7）晚清：日人平山周《中国秘密社会史》中转引之抄本[④]；（8）罗汉家《守先阁藏天地会文件》[⑤]。

根据目前最早的会簿——嘉庆十六年（1811）五月初七日，“兵部侍郎兼都察院右副都御史巡抚广西等处地方提督军务”成林[⑥]的一份奏折，题为《广西巡抚成林为搜获东兰州天

① 1985年，广西田林县王熙远在林县浪平乡江洞村毛拜陀其舅父杨再江家中发现。书中标明是道光八年抄本。

② 1940年代，广西贵县修志局局长龚政在该县西覃塘获得。据称，该本“是光绪二十四年广西天地会首领李立廷在郁林起义，贵县天地会响应，从瓮内取出拜会的”，“上手是同治三年贵县天地会首领黄鼎凤牺牲后埋起来的”。根据罗尔纲判断，该本大约是太平天国时期陈开占据贵县时遗留的。

③ 加拿大洪门洪顺堂抄本，由加拿大咸水埠（维多利亚）生隆号发售。全书原有六百页，该抄本仅存一百八十六页，1975年由台北古亭书屋影印。

④ 又有一个版本，但与此同出一源：徐柯在《清稗类钞·会党类》中所转引之《会簿》，乃辑录自日人平山周的《中国秘密社会史》。

⑤ 《守先阁天地会文件》，原是罗汉家“守先阁”藏品，乃罗汉表兄邓锡朋收藏，1936年发表于《广州学报》第一卷第一期。

⑥ 成林，于嘉庆十五年（1810）十一月十三由理藩院右侍郎调任广西巡抚，嘉庆十九年（1814）二月二十四调任刑部右侍郎。

地会成员姚大羔所藏〈会薄〉呈军机处咨文》[1] 记载，当时成林从天地会成员姚大羔身上搜出三角木戳、红布三块、会簿一本，而会簿中详述了天地会的创立缘起其大概意思：

> 崇祯十二年，李自成造反被夺江山后，走出西宫娘娘李神妃。起至伏华山，怀胎后走至云南高溪庙，生下小主，蒙上天庇佑，又蒙万家恩养。十六年六月初六日，开封府天水冲出有刘伯温碑记。康熙年间，有西鲁番作乱。康熙主挂起榜文，谁人征得西鲁番者，封得万代公侯。甘肃省有一位（座）少林寺，内有总兵官挂起先锋，受了帅印。印是铸的，重二斤十三两。印写囸山二字为记。少林寺人等就领先锋，就去征西鲁番。不用一兵将，只得寺内一百二十八人，就与西鲁番交战对垒。西鲁番败走，死者不计其数。少林寺人等打得胜鼓回朝。康熙主赏，寺内不受官职，仍归少林寺诵经、说法、修道。后来奸臣一时兴兵追赶，惨极。一十八人，走越四年，走至海石连天，长沙汉口。海水面上浮起一个白石香炉，重有五十斤。香炉底有"兴明绝清"四字。众人就取一百（白）锭香炉，当天盟誓。正（止）剩师徒六人，师尊万提起，法号士曰云龙，与兄弟再集一百零七人。有一位小子，亦来起义，共凑成一百零八人。甲寅年七月廿五日丑时聚集，当天结义，指洪为姓，插（歃）血拜盟，结为洪家。众兄

---

① 中国人民大学清史研究所、中国第一历史档案馆合编：《天地会》第一册，中国人民大学出版社，1980，第 4 页。

弟拜万师传（傅）为大哥。至九月初九日，云龙择日与清兵交战。云龙阵上死去，少（小）军报知五位兄弟，保驾小主。兄弟得知，即日出军，与清对垒交战。清兵败走，后来兄弟将万大哥尸首收回，向东烧化。万大哥云（魂）上九霄而去，尸首葬在高溪庙三层楼脚下，粪箕湖子山午向。五位兄弟回来，不见小主，不知下落，身无依靠。

这本在天地会成员姚大羔身上搜出的会簿，详细叙述天地会创立缘起，而在这段文字后面，还有小主洪英与五房（五虎大将）的故事，并有多副对联、诗句、几个“专用合体字”解释、吉凶书信所用之字号图记，以及兄弟之间互相盘问的对答语句。另外，还有一些日常相处的手势、动作，例如奉烟、奉茶等须有的礼仪与动作。

至于会簿所述之“少林寺僧助朝廷平定西鲁番之战，后反遭奸人所害”的内容，情节十分简单，文字也十分粗糙，其中错别字也不少。仔细去看，更有点话本小说的味道。从清初至乾隆年间，并没有一个异族或组织名曰“西鲁番”，也没有一场乱事与“西鲁番”有关，[①] 所以这个故事极可能是天地会中人为了宣示其正统性，并巩固会中“兄弟”对抗清廷的决心而编造的故事。而这个故事情节，也很大程度上与“罗

① 详见温雄飞：《南洋华侨通史》，东方印书馆，1929，第108页。（又有一说法，认为“西鲁”是歪称、避讳：清朝避讳“虏”，于是用“鲁”字，故此推论“西鲁”当为“西虏”，可能指罗刹国、准噶尔等）

教”（明清流行的民间宗教，由明中叶军人罗清创立）罗祖的遭遇很类似。《清门考源·罗祖传录》记罗清协助严嵩平定土鲁番叛乱，但反遭严嵩父子暗算，几乎死于天牢，后因解读天书有功，所以获释。[①] 故此，这故事出于虚构、仿作的可能性极高。

会簿本来就像一些教派的“传教工具”，但求像模像样，又似是有史可寻就可以了。据嘉庆十九年（1814）天地会会员刘奎养的口供，刘是“粗识数字，不谙文义，书内所叙情节及对联、诗句俱不能讲解”[②]。相信像刘奎养一般“粗识数字，不谙文义”者比比皆是，连会簿都看不明白，更遑论判别其中真伪。

《大清律例·刑律·贼盗上之一》：“凡异姓人，但有歃血定盟、焚表结拜弟兄者，照谋叛未行律。为首者，拟绞监候；为从，减一等。若聚众至二十人以上，为首者，拟绞立决；为从者，发云贵两广极边烟瘴充军。”也就是说，行了入会仪式、加入了天地会的人，其实已经犯了当时的律例，所以当时天地会会众会互相包庇，谁都不想巢穴被剿。而且由于入了会已是犯法，又无改过从新的机会，所以天地会会众对一些不法行为不加约束，肆意进行。

---

① 陈国屏：《重订加注清门考源》，上海中和社，1939，第 41—45 页。

② 嘉庆二十年（1815）七月二十七日浙江巡抚颜检奏折。详见《宫中档》。

第二节　天地会总舵主：陈近南

> 吴六奇："'海内奇男子'，在下愧不敢当，只要查先生认我是个朋友，姓吴的已快活不已了。我们天地会总舵主陈永华陈先生，又有一个名字叫作陈近南，那才着实响当当的英雄好汉，江湖上说起来无人不敬，有两句话说得好：'平生不识陈近南，就称英雄也枉然。'在下尚未见过陈总舵主之面，算不了什么人物。"
>
> ——《鹿鼎记》

"平生不识陈近南，就称英雄也枉然"是《鹿鼎记》中江湖上的"潮语"，几乎人人都会。不单是吴六奇等会众，连草莽英雄茅十八也念念不忘在嘴边，可见陈近南之威名远播。

用吴六奇的说法，陈近南就是"天地会总舵主陈永华"。这说法到底正不正确呢？目前，还没有一个固定的答案，但可以肯定的是，至今有关天地会与陈近南的关系，可以简单归纳为三种说法：（1）陈近南是天地会的组织者；（2）郑成功是天地会的创始者，而陈近南是辅佐者；（3）并无陈近南此人。而吴六奇的说法是接近第二种说法。

虽然不知道哪一种说法才是正确的，但可以肯定的是"陈近南"这个名字，在早期的天地会会簿中并没有看到，直至《守先阁藏天地会文件》才开始提到。书中提到："后来有位和尚陈近南，题起明朝一事，兄弟尊他为先生。”① “和尚”这个形象跟《鹿鼎记》中风流儒雅的大侠形象很不一样吧？另外，同治三年（1864）收藏的《贵县修志局本》也有“陈近南”的记录：“后五祖拜他（朱洪英）为盟主，拜陈近南先生为军师。”② “军师”这个形象就比较像后来民众心里的“陈近南”。

《守先阁藏天地会文件》的写作日期不详，《贵县修志局本》大概成于太平天国（1851—1864）时期，估计都不会早于“姚大羔本”。前期没有记录，却在中后期冒了出来，这不免使人怀疑其人之真伪。而按上述两个版本的会簿去看，陈近南的形象较接近第二种说法。

不过，要留意的是《贵县修志局本》曾经一度被学界认为是最早的天地会会簿。③ 像主编《天地会文献录》的罗尔纲就曾经认为在他看过的各本会簿中，以《贵县修志局本》成书最早。“陈近南”就是在这版本中出现的，并且以“军师”形象出现，这或者就是第二种说法出现的一个重要因素。然而，罗尔纲的判断并不正确，最重要的原因是他没有看过清宫所藏的档案文献“姚大羔本”。

---

① 罗尔纲编：《天地会文献录》，第 42 页。

② 罗尔纲编：《天地会文献录》，第 3 页。

③ 从用语遣词看，《守先阁藏天地会文件》和《贵县修志局本》应该是由操粤语的人士写成，而且行文半文半白。这两本内文夹杂“乜”“咁”等粤语常用口语词汇。《守先阁藏天地会文件》来源不明，而《贵县修志局本》应该是太平天国时期陈开占据贵县时所遗留（罗尔纲的判断）；太平天国会众大多为粤西人，所以夹杂粤语用字是合理的。

无论如何，可以肯定的是，《鹿鼎记》中的陈近南是以明郑政权的陈永华为原型设计的。

第三节　“今之卧龙”：陈永华

陈永华，字复甫，福建同安（包括今厦门市、金门县、龙海市部分地区）人。[①] 另一说法认为陈永华是福建省漳州府龙溪县二十九都石美乡（今漳州市角美镇石美村）人，而他的父亲陈鼎是同安县教谕。

陈永华少有才华，甫“成童”（约十五岁）就通过考试补“弟子员”（县学学生）。后，闻父亲陈鼎以身殉国，陈永华断然决定放弃科举，专心于“天下事”。适逢当时郑成功在厦门开府，“谋恢复，延揽天下士”，兵部侍郎王忠孝即向他推荐陈永华。

郑成功遂接见陈永华，与他谈论天下大事，“终日不倦”，并且很高兴地给予他一句传颂古今的评语——“复甫（陈永华）今之卧龙也！”“卧龙”，即是辅佐蜀汉力抗曹魏的诸葛亮。孔明先生一世尽忠刘备父子，“鞠躬尽瘁、死而后已”，是千古贤臣之典范。

陈永华旋即获郑成功授予“参军”之职，“待以宾礼”。

据《台湾通史·陈永华传》记述，陈永华为人沉厚静穆、渊渟岳峙，平日木讷寡言，但一旦谈及天下时局，他就好像变成了另一个人——“慷慨雄谈，悉中肯要”。处理事情时，陈

① 连横：《台湾通史》，商务印书馆，2017，第564—565页。

永华极有知人之明，既能定下计策，亦能果断决定，“不为群议所动”。像永历十二年（1658），郑成功与诸将商议北伐的事，众人都说不可言，唯有陈永华能独排众议，力主北伐。

与人交往时，陈永华都能尽忠至诚。而拥有极高天赋的他，不但不会怠惰，反而十分勤奋，事事亲力亲为。陈永华日常都是“布衣疏食”，并未因身居要职而崇尚席丰履厚。

能谋善断、忠厚诚实、勤奋不怠、事必躬亲、布衣疏食，无疑就是史书所载之诸葛亮。据《三国志·诸葛亮传》记载，职为丞相之诸葛亮，死后家无余财，只有“成都有桑八百株，薄田十五顷”，务必不使“内有余帛，外有赢财”。[①] 他留下的《诫子书》上有两句：“非淡泊无以明志，非宁静无以致远。”这无疑就是陈永华一生的写照。故郑成功的评语“复甫今之卧龙也”并非虚言！

（一）辅助郑经

郑成功对陈永华有知遇之恩，故陈永华也对郑氏一家尽心竭力。郑成功北伐时，都会把陈永华留在思明，辅佐世子郑经。郑成功对陈永华，几乎与刘备对诸葛亮无异——郑成功曾经对郑经说：“陈先生当世名士，吾遗以佐汝，汝其师事之。”[②] 这句话很熟悉吧？这一节跟《三国志·诸葛亮传》的

---

① 《三国志·诸葛亮传》：“亮自表后主曰：‘成都有桑八百株，薄田十五顷，子弟衣食，自有余饶。至于臣在外任，无别调度，随身衣食，悉仰于官，不别治生，以长尺寸。若臣死之日，不使内有余帛，外有赢财，以负陛下。’及卒，如其所言。”

② 连横：《台湾通史》，第564—565页。

“白帝城托孤”如出一辙：

> 章武三年春，先主于永安病笃，召亮于成都，属以后事，谓亮曰：“君才十倍曹丕，必能安国，终定大事。若嗣子可辅，辅之；如其不才，君可自取。”亮涕泣曰：“臣敢竭股肱之力，效忠贞之节，继之以死！”先主又为诏敕后主曰：“汝与丞相从事，事之如父。”

同样的信任、同样的器重，不同的是一个是“事之如父”，一个是“其师事之”，后世以“郑氏诸葛”称许陈永华，真不为过矣。

说回郑经这一笔，陈永华真正大显身手的时候，其实是在郑经继任后这一段时期，而他的功劳主要在于内政经营方面。

南明永历十六年（康熙元年，1662 年），郑成功终于从荷兰人手中夺回台湾。可是，天不假年，郑成功在同年五月病逝于台湾。作为世子的郑经，自然是继位的不二人选。但是，在传位这事上，还是出现了一些问题。诸将认为郑经不堪作主，拥立郑成功之弟郑袭护理国事。于是，郑经即在思明州继位发丧，并以陈永华为咨议参军。同年十一月初一，乘清廷停战之机，进攻台湾，火速平定这场内乱。康熙二年（1663）十一月，清廷联合荷兰军舰进攻思明州，郑经不敌。康熙三年（1664）春正月，援剿石镇林顺降清。二月，南澳护卫左镇杜煇亦降清，郑经只好放弃思明州，退守台湾。[①] 八月，郑经

① 连横：《台湾通史》，第 33 页。

“改东都为东宁，天兴、万年为二州”。[①]

这时候，陈永华面对的局面是——台湾初定、内乱新平，人心不稳，加上清廷的外部威胁，明郑政权可谓岌岌可危，呈大厦将倾之势。这时候，郑经作出一个重要的决定，任命其师咨议参军陈永华为勇卫，加监军御史，政务全由他处理。从此，陈永华就像诸葛武侯一样，职兼将相。

（二）屯田之制

文天祥说：“时穷节乃见。”在这风雨飘摇之际，陈永华并没有太多考量，二话不说就把这个烂摊子接了下来。百废待兴，问题得一个一个解决。现在最要紧的，是解决随郑氏迁台军民的食住问题。

于是，陈永华“亲历南北各社，相度地势”。了解台湾的地势气候后，陈永华旋即颁下屯田的命令。所谓屯田，其实是一种军事与农业结合的编制，统治者安排戍卒或戍民在守卫区域开垦土地，然后以耕植所得供养军队。该制度自秦汉以后，已广为历朝君主采纳，以解决边境长期戍军的经济问题。

陈永华本来就是平民出身，深知升斗小民的心态，知道他们为的只是简单的三餐温饱。于是，他颁下屯田令，要求诸镇执行。他命令士兵，插起竹枝作为篱笆，砍伐茅草搭为屋庐，并亲自教导军民种植五谷的知识。台湾的土地得以充分利用，加以优良的气候环境和军民的不懈努力，一年之间，竟有三次

① 连横：《台湾通史》，第34页。

收成。用《台湾通史》的说法，是“戍守之兵，衣食丰足”①。

屯田之制，本就是既农亦兵。在农闲之时，陈永华就教授民众有关作战的事，也会对民众开展道德伦理教育，于是军民“皆有勇知方，先公而后私”。而且，他还极力“劝农桑，禁淫赌，诘盗贼”，于是台湾游手好闲之辈，都有所依托，荒废田地也得以开发。

（三）营建东宁②

明郑政权初到台湾，陈永华除了要解决粮食问题外，还要建设好国家制度。他派人修围栅，建起政府的衙门署所。同时，他教导本地匠人烧制砖瓦，并带领民众伐木建造民房。

食、住问题初步解决后，陈永华就在东都建设东安、西定、宁南、镇北四坊，每坊置“签首”管理。陈永华又把东都以外的地区分为三十四里，“里有社，社置乡长”，并以十户为牌，十牌为甲，十甲为保，各置首长管理。户籍理清，又置有首长负责，分层管理，一时间治安也改善了不少。

（四）发展经济

台湾属于亚热带气候，年均日照量大，十分适合甘蔗种植。世居台湾对岸的陈永华当然明白此理。他教导居民种植甘蔗，并授以制糖之法，然后把多余的糖“贩运国外”，于是制糖逐渐成为台湾重要的经济作业，“岁得数十万金”。

---

① 连横：《台湾通史》，第564—565页。

② 东宁，有谓明郑国号，有谓台湾地名。

在冷兵器时代，人力与战力几乎是相等的，当时台湾幅员广大，极需要人力充实战力，而在屯田制度下，这些战力就是经济力。有田可种、有庐可居，而且还有发展日佳的外贸经济，这对邻近地区的游民来说，无疑具有极大的吸引力。大家要注意，这里的“游民”并非贬义，“游民”其实是指没有土地可耕的一群人。由于没有土地，所以他们不像一般农民与土地有一种紧密的联系，所以以“游”来称呼他们。当然，游民的经济条件一般都不好，而且生存乏道，所以很多时候都会从事不法行为，但也不能以偏概全。说回明郑时期的游民，他们大都是来自广东、福建一带，这群人大多是操客家语、闽南语，也就是后来台湾高山族以外的两大民系。①

《台湾通史》记述：“当是时，闽粤逐利之氓，辐辏而至，岁率数万人。”这群人很大程度上补充了台湾的军事力和生产力，是促进台湾发展的重要生力军。另外，陈永华也利用地利之便，与清廷边将进行交易，因此台湾的经济发展更一日千里。

（五）兴教办学

《管子·牧民》说：“仓廪实而知礼节，衣食足而知荣辱。”生存问题解决以后，人们就会想到生活的问题。在陈永华的强政励治下，台湾“以是大治”。于是，他把目光转移到文化教育上。他奏请郑经兴建孔庙、设立学校，把儒学教育带

① 有关客家族群来台的时间，有学者认为最迟在荷兰人占台之时。他们的依据当然是荷兰人与台湾高山族人民的沟通，多数是由客家人居中翻译。

到台湾。

虽然一开始郑经并不明白陈永华的用意，但后来还是准奏。陈永华"择地宁南坊"兴建孔庙，揭幕之时，郑经更亲行"释菜之礼"祭祀"先圣先师"。后建立学校，任命同乡宿儒叶亨作为国子助教，礼聘中土名士儒生，教授岛上学子。除了兴办"大学"，陈永华也在各社设立"小学"，"教之养之"，既教习文化，也以儒礼熏陶民众，由是"台湾文学始日进"。

（六）逃不了政治斗争

康熙十九年（1680），郑经庶长子郑克臧获授"监国"之职，并任克臧岳父陈永华为"东宁总制使"辅政。在陈永华的经营下，连年丰收，人民生活富足，为明郑偏安南岛打下稳固的基础。

常言"生于忧患，死于安乐"，安定的环境下，郑经也不太想努力了。这也是当日诸葛武侯的担忧，所以他锲而不舍地北伐曹魏，希望刘禅不会甘于偏安格局。然而，陈永华不是诸葛亮，郑氏也不如刘氏对诸葛亮那样信任。"永华见经无西志，诸将又燕安相处，郁郁不乐"。虽然已不在朝廷，但陈永华仍心念国家，他向上天祈祷，但愿"以身代民命"。看到国势如此，他亦自知"郑氏之祚不永矣"。不久陈永华就死去。

翌年，康熙二十年（1681），郑经也死去。本来，其庶长子郑克臧应当继位。然而，其弟克塽岳父冯锡范（就是《鹿鼎记》中那位外号"一剑无血"的高手）不同意。于是，冯锡范联同郑氏宗室，在郑成功之妻董氏同意下，逼令郑克臧交出监国印玺，并派人将其绞死。

两年后，清军水师提督施琅于澎湖海战中大破明郑船队，刘国轩逃回台湾。冯锡范见大势已去，劝郑克塽降清。同年八月十三日，施琅入台受降，明郑政权正式完结。

第四节　将军一去，大树飘零

陈永华一生清虚淡泊。郑经知陈永华清贫，给予他一些商贾赚钱之机会，但他坚拒不受。他安贫乐道，亲自“募民辟田”，岁收时只保留一年食用，其余全分给穷困之亲旧故属。连横在《台湾通史·陈永华传》“论赞”中，肯定了“永华器识功业与武侯等”，并指陈永华所以不能“辅英主以光复明室”，是天命不许。事实上连敌人也高度肯定陈永华的才能。《福建通志·台湾府》记载：“圣祖（康熙）谕大臣曰：‘此忠义陈永华子也’。即日擢编修。”可见康熙对陈永华之推许。

仔细阅读明郑政权的历史，绝对可以看出一个结论——陈永华是明郑的顶梁柱。陈永华之死，使郑克臧失去了岳父的支持，也使明郑失去了压制岛内“魑魅魍魉”的神器。冯锡范这类投机取巧的小人乘时而起，废立君主，使明郑元气大伤。加上，康熙帝是百年一遇的圣主贤君，此消彼长，明郑的灭亡只是时日的问题。《福建通志·台湾府·人物》载：“李光地为翰林学士，具疏入贺，谓台湾未可卒图者，实由永华经理有方。”此言诚不我欺！